Jogo do Bixo

Tainan Rocha

EDITOR RESPONSÁVEL	Rodrigo de Faria e Silva
TEXTOS E ILUSTRAÇÕES	Tainan Rocha
PROJETO GRÁFICO	Tainan Rocha e Ronaldo Barata
DIAGRAMAÇÃO	Ronaldo Barata
REVISÃO	Luciana Baraldi

Dados Internacionais de Catalogação na Publicação (CIP)

Rocha, Tainan;
Jogo do bicho / Tainan Rocha – São Paulo: Faria e Silva Editora, 2020.

p. 160
ISBN 978-65-991149-2-2

1. Literatura brasileira   2. Contos brasileiros

CDD B869   B869.3

© copyright Tainan Rocha
© copyright 2020 Faria e Silva Editora
www.fariaesilva.com.br

Introdução

Eu tenho um amigo que desenha muito bem.

Tá, eu sei que, pra quem desenha, elogios desse tipo normalmente são meio que impessoais. "Show, campeão!". "Continue assim". "Você desenha bem, já pensou em trabalhar com isso?". Se você faz ali dois ou três traços em que uma pessoa passando os olhos pelo seu caderno, consiga identificar uma parcela do que você quer expressar e extrair algum estímulo positivo daquilo somente num olhar, corre o risco dela te elogiar. E isso é bom, claro — além de ser relativo.

Mas, além desse amigo conseguir se expressar muito bem com tinta, carvão, lápis, guache ou simplesmente uma setinha na tela do computador, ele faz outra coisa com a arte dele que me deixa profundamente feliz: ele mostra a verdade.

Pedir para alguém desenhar uma casa é fácil. Pedir para alguém desenhar uma casa numa rua é um pouco mais demorado, mas não muito mais difícil.

Dependendo da pessoa para quem você pedir, a casa vai sair completamente diferente (no meu caso, nem sairia. Mas eu não desenho assim). No caso desse meu amigo, eu tenho certeza de que, se ele fosse fazer a casa, ela teria cacos de vidro em cima do muro, e esse muro seria pixado. A humilde residência teria um portão de lança, alaranjada pelo zarcão retocado no fim do ano passado, e atrás desse portão teria um vira-latinha barrigudo e simpático, daqueles que você sempre vê ao caminhar até o ponto de ônibus às seis e pouco da manhã. O asfalto dessa rua teria um desenho meio fora de proporção com o tema Brasil Hexacampeão (risos) e já meio apagado por todos os chinelos e todos os carros da pamonha (o puro creme do milho, a partir de dois reais) que já passaram por cima dele. Mais pra cima teria fios de alta-tensão passando entre os postes, muitos deles embaraçados (esses não chegaram ali via Eletropaulo, Vivo ou NET) e com uns resquícios de rabiolas ali no meio. Fiação subterrânea é um luxo para poucos, ainda. O meu amigo desenharia uma casa de verdade, onde mora gente de verdade, e não uma casa assobrada- da, sem muros e que parece ter saído de um episódio de hallowe- en de série americana com uma família full branca, atrapalhada porém amável (risos de claquete). Ele desenharia essas coisas porque elas são a realidade, são de verdade. E sabemos muito bem que retratar a realidade não rende muitos elogios assim. "Mas você ganha dinheiro com o quê?".

Felizmente, meu amigo também escreve, o que é um lance de desenhar com palavras. E a visão que ele empresta aos seus de- senhos também estão ali, naquele amontoado de símbolos. A verdade que comentei anteriormente também está ali nas histó- rias em que o protagonista muitas vezes não tem nada de heroi- co, claro, porque isso aqui é a realidade. E ninguém passa pela vida incólume, sem cometer erros ou sem sofrer pelos erros dos outros. Mesmo que uns paguem mais do que esses outros, por questões de realidade.

Este livro foi escrito pelo meu amigo e contém desenhos feitos com tinta, palavras que formam desenhos e formas que nos são muito familiares. Este livro também é uma forma de vocês co- nhecerem um pouco do meu amigo, e assim termos mais alguma coisa em comum.

Porque é de gente comum que esse mundo precisa.

Capítulo
01

A comida nem de longe era a mais saborosa e muito menos o quilo era o mais barato da região, mas eu almoçava na mesma padaria quase todos os dias só por causa da sósia da Susan Sarandon.

Eu sempre paguei um pau praquela coroa.

Já nem sei quantas vezes assisti à *"Thelma & Louise"* e a fiz uma homenagem depois.

Um dia, quando finalmente fui decidido a tomar coragem pra chegar nela, tomei antes um copo inteiro de pinga num gole só. O que na mesma hora me desceu como uma péssima ideia quente direto pro meu estômago totalmente vazio. Senti um calafrio conforme ganhava o corredor ao lado das mesas.

Olhei subitamente pra trás e pensei ter ouvido o boneco preto da placa do banheiro masculino me chamar com a porta aberta. Nesse meio-tempo Susan sósia se levantou lentamente, deixou a sua bandeja com apenas dois risólis de uma infeliz escolha em seu prato e partiu com a mesma tranquilidade e classe de uma atriz de Hollywood que jamais almoçaria numa espelunca daquelas.

Quando voltei só encontrei a sua nota fiscal amassada no caixa e uma sensação de impotência que ainda não havia sentido, nem num assalto à mão armada.

Resolvi aproveitar o embalo embriagado pra pedir mais uma branquinha, um guardanapo e uma caneta. Antes de ir embora chamei o Ceará no balcão e pedi que entregasse em mãos, na próxima vez que a visse:

"Oi, você já deve ter escutado essa estupidez várias vezes, mas sim... você parece muito com aquela atriz, a Susan Sarandon, sabe? Na verdade, uma versão mais jovem e tão atraente quanto. Pago maior pau pra ela. Pago maior pau pra você. Pronto. Era isso, acho. Agora vou poder almoçar mais tranquilo."

Odiava aquele emprego mais que a frieira no meu pé esquerdo e naquela mesma tarde meu bafo pesado na cara de um cliente me trouxe uma justa causa no bolso de trás da calça.

Quase duas semanas mais tarde, voltei na padaria pra me despedir do Ceará.

– Ô, macho. Tava preso?
– Nada. Ganhei no bicho.
– Tá patrão então...
– Deusmelivre!
– Ó, aquela coroa lá passou aqui dia desses.
– ...
– Perguntou do Bréd Pite que almoçava aqui e deixou esse bilhete:

"Eu não sou ela. Nunca coma o torresmo daqui, é mais murcho que o pau do Woody Allen. Com carinho, Susana." ■

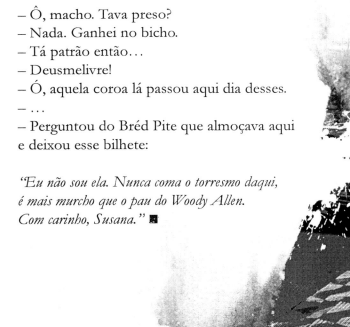

CACHORROS DE MADAME LATEM SÓ PARA FRENTISTAS

uzes baixas. A francesa Édith Piaf canta qualquer coisa numa nota forte, alta, fazendo trilha sonora para a silhueta de perfil que se maquia – como quem se prepara para um espetáculo. Ajeita a peruca impecável frente ao espelho, dá uma batida de pó na tampa, outra na cara. Um gole da taça e novas batidas. Por aí vai até que num descuido, a taça cai no chão fazendo barulho e, junto, as luzes se acendem, revelando a figura em cena.

– Ah! Oi, oi (sorriso amarelo). Desculpa, não tinha visto que vocês tavam aí.

(pausa breve)

– Mentira, eu vi sim. É que, sabe como é, né? Ator adooora fazer um drama (hahaha).

– Ai gente, eu amo essa mulher! Ela era luxo, né? Chiquérrima, e também adorava umas biritas... (Dá um gole agora direto no gargalo) Uhhh, a gente tinha tanto em comum! Mas, né? Acabou não dando tempo de nos conhecermos, uma pena mesmo.

– O quê? Vocês dão risada? Queridos, pois fiquem sabendo que se ela, "Ditinha" em pessoa, ainda estivesse entre nós (méééros mortais), isso seria t-o-t-a-l-m-e-n-t-e possível!

– É sim! Ah! Vão dizer agora que nunca ouviram falar daquela teoria das 6 pessoas?!

– Por exemplo... Aí, deixa eu ver, uma estrela nacional vai, que é mais fácil, hummm... O... Antônio Fagun... Não, ele nem é mais tão famoso assim. O Didi! Pronto, pronto.

O Renato Aragão ainda aparece todo santo ano na TV fazendo aquele programa piegas das crianças – Aí, que uó!

– Bom, mas o Renato, por exemplo. Eu, conheço a Beth camareira que é muito amiga do Ray que faz o cabelo do Álvaro que faz peça com a Maitê que, por sua vez, vive na casa de quem? Sim! Do Renato, que EU mesma, inclusive, já vi com este par de olhos com cílios perfeitos, os dois juntos em várias fotos no Instagram.

Aí, tá vendo; menos que seis pessoas ainda!

– Tô dizendo. É um babado essa teoria.

– Mas, eu vou falar a verdade pra vocês: A gente nem precisava ir tão longe assim. Eu tenho um primo que mora no Abrigo dos Artistas – vocês já foram lá? É tão lindo. Um jardim florido, bem cuidado que só.

A última vez que eu fui lá visitar esse meu primo, assim que cheguei, dei de cara com uma senhora, uma lady, toooda trabalhada no brilho, de echarpe e tudo. Ela cantarolava, cantarolava uma música bem antiga da Liza, e rodava e cantava com a voz rouca de cigarro, tadinha. Mas um brilho – um brilho no olhar! – olha, aí... Nem posso falar muito que se não acaba com meu rímel aqui.

(passa o dedo abaixo dos olhos)

– Enfim, tem esse meu primo. E eu fui, linda, levar uns chocolates e um conhaque daqueles bem vagabundos que eu sei que ele gosta. Pois bem, ele tem uma história tão triste com o Renato. Eu morava lá em Brasília ainda nessa época. O meu primo em Fortaleza. Ele atuando nos palanques do Planalto e eu nos quiosques beira-mar. Um nem fazia ideia do outro. Mas nos achávamos "OS" comediantes, só por que contávamos meia dúzia de piadas nas festinhas, montados com o figurino roubado dos armários de mamãe.

– Ele já era bem mais velho que eu e parece que desde a infância, ele e o Renato eram super amigos (a vizinhança até comentava) faziam tudo juntos os dois, viviam por aí sonhando e falando de trabalhar na rede Globo – E tá que quando isso finalmente rolou pro Renato primeiro, ele abandonou meu primo, literalmente na sarjeta. Vocês acreditam?

Foi péssimo. De lá pra cá, meu primo continuou tentando e tentando e nada. Era sempre um tal de "o Renato não está". Toda a vez que ele aparecia na portaria dos estúdios, tomava uns chás de cadeira homéricos e acabava desistindo. *Muy amigo, né non?!*

– Maas... É a vida.

Apesar da depressão, que naquele tempo nem tinha essa fama toda como hoje, ele não parou. Muitos e muitos testes. Fizemos até alguns juntos quando nos encontramos por acaso aqui em São Paulo. Ele continuou atuando, conseguiu umas pontas aqui e ali, nada muito grande não. E sempre que bebia uns conhaques a mais, depois de alguma apresentação, na mesa do restaurante ele sempre contava essa mesma história. Com um sabor de mágoa no fundo do copo, sabe? Mas isso era só quando toma aquela tacinha a mais mesmo. Pelo menos, durante todo esse tempo, ele fez novas e sinceras amizades. Tantas, que agora, (no fim?) o ajudaram a conseguir uma vaga no Abrigo – lindo lá! Já falei isso, não?

Ó, daqui a pouco tô eu lá, e bem antes da hora até. Hummm, tá boa! Mas é que é bonito mesmo. O povo tem mania de achar triste, deprimente e sei lá mais o quê.

– Gente... Eles são super bem cuidados, fazem companhia e aplaudem as memórias um do outro. Imagina, a essa hora da madrugada, com as luzes da ribalta cerrando, quer mais o quê, meu deus! Eu achei de uma beleza. Durante a visita encontrei outras figuras muito queridas.

Velhos mestres, a Abigail, o Jorge – que me dirigiu e me ensinou tanta coisa, nossa...
Como o tempo passa.

– Ah! Sabe quem mais tá lá? A grande Greta! Diva. E a Safira também – essa continua maravilhosa – impressionante!

– Só o Renato...

(nova pausa, um pouco mais longa, e as luzes se apagam novamente)

– O Renato não está. ◼

CACHORROS DE MADAME LATEM SÓ PARA FRENTISTAS

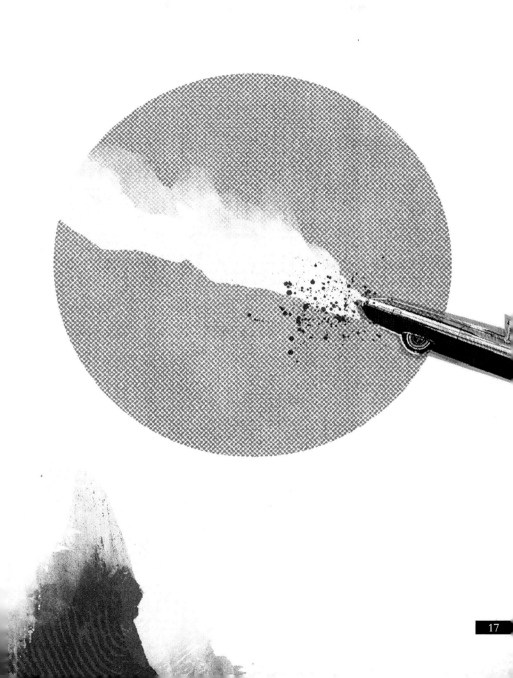

meu tio materno, ele era da marinha.

E foi, ironicamente, na marinha onde ele se afundou num oceano de álcool.

Lá com os colegas de infantaria saía fazendo pouco barulho, e ingênuo feito um vaga-lume, seguia sempre em busca de luzes vermelhas e conforto para suas angústias. Numa dessas acabou por protagonizar o maior clichê do *homo sapiens*: querer tirar uma mulher (que não queria ser tirada) daquela vida, pra viver uma vida pior ainda. Aquela foi esperta. Foi sim.

Ele sendo filho de quem era, nem o julgo.
Teve um mestre professor em casa.

O certo é que toda vez que carecia voltar à superfície, ele montava esses barquinhos que serviam como um tipo de pedido de desculpas para as nossas mães e também uma terapia – mergulhar cada palito de fósforo numa bacia e depois escalpelá-los um a um.

Exigia dedicação, perseverança e paciência, que, logo, significavam mais cigarros acesos, menos tragos virados.

Hoje, depois de tanto, ele voltou a fazer um desses barcos. Já não ingere gota alguma desde que decidiu pedalar a *Caloi* de minha mãe até o Rio de Janeiro.

Tão pouco nos deve desculpas.

Esta noite eu liguei o teu presente na tomada. Dei um trago em homenagem aos velhos tempos e tomei prumo numa onda vermelha de saudades.

FÊMUR

Sob um playback vagabundo a Annita rebola com mais polegadas do que a própria TV onde passa, ligada para ninguém.

Deitada, minha avó parece ter abandonado o Alzheimer para assumir um semblante fenecido enquanto ronca num sonho onde não tenha fraturado o fêmur.

"Só pode subir um por vez" e os enfermos dos leitos ao lado disputam atenção com meu silêncio sepulcral de quem enterrou as emoções no quintal de casa, ao lado da gata da minha mãe, que, por infortúnio, foi buscar ração no além na semana anterior.

Da última virada até aqui, eu cheguei erguendo e descendo copos e taças com cada vez mais veemência – apenas acenando com a cabeça em resposta a lamúria inocente dos amigos pelo fim deste, que realmente tem sido um ano de merda – com notícias ruins pingando feito o soro na veia.

CACHORROS DE MADAME LATEM SÓ PARA FRENTISTAS

É mais fácil procurar um culpado pra toda desgraça do que uma paranga amassada no bolso da jaqueta.

O diabo travestido na ignorância de cada funcionário público daqui não parece ser o suficiente.

Meus dedos doem tamanha a firmeza com que escrevo, apoiado no parapeito da janela do corredor, observando a ironia de um domingo ensolarado no parque, bem em frente ao hospital.

Enquanto a banham lá dentro, ouço com carinho o final da história triste da copeira tentando me convencer de que deus não espera pra mandar a conta.

Ela termina e eu só consigo pensar que o inferno deve estar mesmo cheio de caixas eletrônicos do Itaú. ■

CACHORROS DE MADAME LATEM SÓ PARA FRENTISTAS

enho as mãos trêmulas e sujas de terra vermelha agora e não consigo recordar se alguma vez já me questionei do prazo de validade de uma macumba.

Alguém já se deu ao trabalho de parar o que estava fazendo para pensar nisso, afinal?

Na época em que ainda namorava a minha ex-mulher, eu e a mãe dela nutríamos um ódio mútuo que, de tão puro, chegava até a ser bonito.

Bem lá no início ela costurou meu nome dentro da boca de um sapo e enterrou o bicho no quintal da própria casa, logo abaixo do limoeiro já quase infértil.

Acho que era pra tentar me afastar de ganhar seu sobrenome e mais tardar comprovamos seu insucesso no cartório, com todos brindando um amor fadado

Desisti de revidar à altura. A verdade é que nunca pensei com vontade nisso.

Depois de quase dez primaveras sem nem ao menos um tímido "oi" virtual, foi que senti a praga da depressão que era de sua filha passar para mim.

Pela primeira vez, em vida, tive coragem de balbuciar com todas as letras o tesão pela despedida.

Tenho as mãos trêmulas e sujas de terra vermelha agora e acabei de achar aquele mesmo sapo no meu quintal que fica à quilômetros da casa de minha ex-sogra. Sua boca quase descosturada revelava um pedaço de papel gosmento.

Puxei-o pela ponta, abri.

Dentro estava escrito o nome que havíamos escolhido para o filho que não tivemos.

Pelo visto, o prazo de validade de uma macumba é indeterminado. ▪

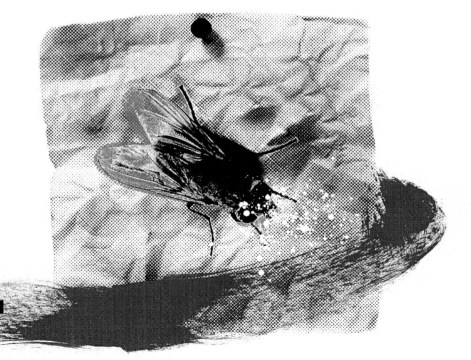

CLAUDIO

cada filme hollywoodiano que assistia Claudio pensava: Mas quantas aldeias indígenas poderiam ainda persistir?

Quantas crianças africanas resgatadas da fome se todo aquele orçamento astronômico não fosse mais bem direcionado?

No obscuro da última fileira de cadeiras do Belas Artes, praticava asfixiofilia durante uma maratona de filmes iranianos: Hoje Cláudio dorme e acorda todo mijado e cagado num canto do chão da sala.

Seu único amigo que sobrou é cinegrafista e fez um documentário sobre a sua condição.

Dizem que tá pra estrear semana que vem, lá no Mercearia São Pedro (ou melhor dizendo, no "Merça", como manda a etiqueta hype da Vila Madalena).

Mas ó, revertendo a bilheteria disso aí, deve dar o preço exato de um Blu-ray simples do último *Transformers*.

É, a vida é injusta pra caralho, Claudio. ■

SAÚDE, GUERREIRO!

vito ao máximo ir ao supermercado. Ainda assim, é amargo ter que admitir a sorte em... Poder ir.

Mas me sinto profundamente envergonhado ao sair nas ruas desde que se instalaram tais regras.

Acometido por um receio pavoroso de ser confundido com o bando de lunáticos e, creia, eu não me refiro a corintianos fanáticos – feito eu mesmo já fui um dia.

Nem futebol existe mais.

E, por um lado, convenhamos que não haja mesmo tanto assim o que se lamentar. Os campeonatos andavam bem abaixo de qualquer várzea de bairro.

Então, para esse caso específico, fica valendo o bom e velho "há males que vêm para o bem".

Enfim, dia desses em que precisei novamente me vestir para ir à venda dos chineses da esquina, peguei emprestado um capacete com o vizinho, calcei as galochas de chuva de meu falecido tio que encontrei na lavanderia e me fantasiei de motoboy.

Ganhei as calçadas. Faltou apenas uma trilha sonora digna para aquele momento.

Fui e voltei calmamente. De dentro do meu capacete me sentia protegido. Através do visor, foi a primeira vez em quase trinta e um anos que me lançaram os mesmos olhares que a um cirurgião do Einstein.

Voltei para casa e arranquei do armário da cozinha um par de taças para brindar. Mesmo a lata que tirei da sacola e higienizei com álcool 70 sendo de Skol...

Saúde! ▨

inda hoje, sempre que aquela voz fantasmagórica saí metalizada das caixas inaudíveis do vagão do metrô para avisar que "estamos com problemas técnicos na via", eu lembro: Nina.

Foi ela a primeira a me contar que o metrô de São Paulo passa um pano nos números de suicídios que ocorrem semanalmente em seus trilhos.

Daria para dizer que Nina era dona de uma ingrata falta de sorte estética. Mas eu jamais poderia.

Afinal, ali, na fartura ninfomaníaca onde trabalhei sol a sol feito um garimpeiro bruto da serra pelada; foi ali que rendeu uma riqueza sexual que até o presente segue motivo de fino orgulho.

Nina me ensinou a chupar uma boceta logo na primeira vez que, com muito custo, consegui chegar tão perto de uma, desde o dia do meu nascimento.

Cada trepada era como ligar no *Bom Dia e Cia.* da putaria, mas com todos os prêmios sendo "preisteixon!".

Cada foda rendia tesouros em forma de chocolates importados de nomes impronunciáveis, livros de arte e até mesmo um computador que aguentava diversos programas muitos gigas mais obesos que o velho Word.

Eu era uma espécie de michê adolescente e recém desvirginado por uma única e fiel clientela mimada pela herança paterna.

Assistíamos a desenhos japoneses e fodíamos de forma ensandecida enquanto a mãe diabética e já com cataratas mantinha um papo sem recíproca com as personagens do lado côncavo da tela.

Ontem estava esperando meu ônibus na Paulista e olhei com certa lamúria e ressentimento para dentro do conjunto nacional, o Café do Ponto – Nina.

Por mais cretina essa ironia, foi mesmo lá, onde botei um ponto final em tudo.

Foi como levantar abruptamente de um sofá de pregos que tinha almofadas japonesas da TokStok.

Imagina. Tenta só me imaginar... Foi foda.

Nina soluçava repetidamente:
"*se você fizer isso, eu vou me jogar!!!*"

Eu tinha 17 anos. Nina – mais de 30.

Eu era o primeiro cara que a beijava enquanto a comia. O primeiro que, nesse tempo todo, andava de mãos dadas e a abraçava em público.

De lá pra cá, nunca mais tive notícias.

Ontem, no metrô, voltando pra casa, pensei ter reconhecido aquela voz, pela primeira vez límpida, anunciando um objeto na via.

Nina.

capitulo

02

SKIVIIKKO 2

URUBU
é guarda-sol
de pobre

a privada eu escutava lá longe a Nina Simone destruindo a pouca esperança matinal que brotava para pegar o violão na sala e arranhar algumas covers mal tocadas do Cifra Club.

Meu chefe dizia que a dor é menor quando aceitamos o nosso lugar no mundo. O velho tinha razão.

A Nina também.

Limpei a bunda com páginas de um livro do Cury que ganhei da minha avó no último natal.

O sinônimo de autoajuda.

Voltei à prancheta gargalhando e dei bom-dia para a cadela que me encarou sem entender nada. ▪

ORAL B

ez em quando tenho pra mim que o amor é uma escova de dentes, a qual , com o passar do tempo, se molda à boca, ficando com as cerdas mais e mais gastas, quase já inofensivas.

Mas aí ela me aparece na porta do banheiro com um fio dental. ◼

É BEM MOTIVO PRA UIVAR

O riso debochado
no canto de boca.
Cobrindo o fim de uma piada
imbecil:

É bem motivo pra uivar.

Aquele jeito sorrateiro que só ela tem de chegar
e feito bicho se aninhar
no seu cantinho predileto do sofá:

É bem motivo pra uivar.

Feito leite, as pernoca branca tão ali tudo à mostra:
Ai deusdoceu, assim não dá.
Tô cheio de motivo pra uivar,
uivar e uivar.

Uivar alto.
Rasgado mais que pigarro.
Pra ver se de algum jeito
ela rosna.

Ou ao menos uma vez
mia pra mim de volta. ■

NA BEIRADA DA TERRA PLANA

Você também sente esse sabor?
A morte lenta de um tablete de chocolate entre os dentes
Que vai deixando saudades
Em formato de flocos de açúcar
Que mais parecem pequenos cacos de vidro espalhados no tapete encardido da minha língua vermelha e áspera.
Onde você dança descalça.
Onde você gosta de dançar rodando e rodando a noite inteira
Embalada pelo tom de voz barítono do Nick Cave.

A minha boca é uma cova
Onde o Cave toca
E a sua música cava mais e mais fundo na minha alma,
Nas minhas memórias afetivas.

E você?
Você inteira só dança, dança, dança a noite toda!

Até suar, até as gotas de suor começarem a descer pelo escorregador das suas costas nuas e brancas.

Da suas costas esmigalhada de quem amamenta de madrugada
Iluminada somente pela luminária lunar que invade o quarto pela janela.

E então lá no fim, no fim do mundo
Na beirada da terra plana,
Onde tudo termina sem final
Lá é que há de morrer também a minha esperança tola
De ser um homem melhor do que ontem

Um otimismo rouco de novo
Eu nunca mais andei munido de pastilhas
Sei o quanto vou carregar essa culpa
Junto de tantas outras culpas embrulhadas num papel higiênico amassado nos bolsos

Palavras perdendo rápido demais
O pouco sentido que se quer possuíram um dia
Pior ainda quando não saem da sua boca
Onde eu procuro o eco do meu grito por socorro
Implorando pra você me salvar da vida. ◼

REMELAS EUROPEIAS

Um sonho estranho veio perturbar minha última madrugada.

Nele, todos os nossos planos haviam dado errado e por isso eu passei a ir pra rua, entrando nos bares certos, arriscando uísque em comandas que não podia pagar.
Quando dava errado, fugia pela janela do banheiro ou pelo terraço e nunca mais voltava naquele mesmo bar.
Em dias bons, escolhia uma coroa solitária e fazia um retrato à caneta nanquim no guardanapo.

Uma das velhas, a mais velha e mais rica de todas, pagou aquele curso caro de massoterapia no Senac. Você sempre disse que eu levava jeito na ponta dos dedos e da língua.

Foi assim que consegui fazer uma grana na Europa, voltar pra buscar vocês e me despedir dos nossos amigos.
André sempre teve razão; Paris é bonita demais à noite.

(...)

De repente, um choro doído de tão agudo me desperta. Abro as janelas, deixo um pouco da brisa fresca entrar.

Já com ele no colo, constato que a zona leste continua barulhenta e, por enquanto, uso os dedos apenas para limpar remelas e escrever poesias baratas que ninguém lê. ▪

FEROZES E RELIGIOSOS

Um sujeito no metrô se segura no cano pra
não cair com a freada brusca.
Ele tem Jesus tatuado no antebraço
Com a mesma fonte usada nas capas de
Velozes e Furiosos

Como se uma coroa de espinhos não tivesse sido
sofrimento suficiente.

Suspeito que deus não goste de franquias blockbusters
Nem de mim
Nem de você.

Seus cordeiros insistem que ele possui um plano para
cada um de nós.

Não, obrigado. Difícil confiar em um cara que criou
algo chamado domingo. ■

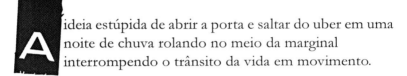

VINAGRE

A ideia estúpida de abrir a porta e saltar do uber em uma noite de chuva rolando no meio da marginal interrompendo o trânsito da vida em movimento.

A ideia esdrúxula de ir pra rodoviaria do tietê sem avisar ninguém, em plena quarta, comprar uma passagem só de ida pra Taubaté e fazer parkour com as mulheres na praça.

Você não faz mesmo a menor ideia...

Do que é escrever poemas pensando em antigas paixões
de escola sem resposta.
Poucas coisas doem tanto assim.
Dizem que sempre que isso acontece.
Um vinho vinagra na prateira de algum supermercado
do Uruguai. ■

O SABOR DA PAZ

Se algum dia acabasse indagado a respeito do sabor da paz, sem pestanejar responderia

"tem o gosto da boceta dela".

Uma concavidade úmida e confortável onde enterrava, lá no fundo, suas frustrações com uma brutalidade carinhosa, de modo que via até pombas brancas sobrevoando o quarto. ◼

UNKNOWN PLEASURES

ensei em escrever uma carta no papel higiênico e usando esperma, contar pra você como foi gozada a minha última viagem pelas dunas de abas anônimas do X-Videos.

Mas eu andava cansado demais pra isso.
O suor na nuca era tão homérico que formava um desenho idêntico a capa daquele disco do Joy Division, que você tanto amava postar um print sempre da mesma faixa.

Queria chupar sua tatuagem nova até sugar toda a tinta, deixando ela mais pálida que a sua cara blasé nas fotos posadas para lentes frígidas que só querem teu corpo de atendente de sebo do centro cheirando a mofo. Depois cuspir de volta na sua virilha, escrevendo em letras garrafais o quanto desejo que o teu nome e a tua música favorita sejam enterrados vivos, a sete palmos da minha língua. ◾

LÍRIOS

Ela vivia a desviar de mim o par de esmeraldas que
fazia moldura ao seu nariz.
Eu sabia o porquê, mas ainda a tentava
E mesmo quando eu me derramava sobre ela
suando gota por gota de toda a vontade que sentia

Ela evitava o contato direto
Abaixava mirando nossas coisas
Permitia o que eu bem entendesse nela,
menos com as pupilas

Era tão precavida que eu não esperava...
Hoje ela me pediu pra olhar bem pra ela
na mesa do boteco perto da sua casa.

Do nada, de assalto, me propondo casamento.
Assim... Sem vaselina, no seco.

Um tio meu costuma dizer:"...*homem que é homem não chora!*"

Tio, vai tomar no cu! Foi mal.

Mas o que dos meus olhos jorra
regaria todo canteiro que beira
o meu caminho da volta
fazendo brotar lírios brancos
nos bolsos dos mendigos do terminal. ▪

JD. IMPERADOR

URUBU É GUARDA-SOL DE POBRE

Dizem, e não sei precisar de quem são,
mas há más línguas dizendo por aí sobre nós dois.
Sobre os nós que damos em nós mesmos.
Embaraçando a vida um do outro feito
um fone vagabundo
comprado numa barraquinha de camelô.

Andam dizendo por aí que foi bem bonito o que rolou.
Mais que uma química.
Mais que meia dúzia de poemas escritos
em guardanapos.

Se bem que no fim nem importa tanto assim
se cantaram ou não ao pé dos teus ouvidos
pequeninos.
Nenhum deles, por mais belo piar que possua
nos pulmões,
jamais conseguiria reproduzir, não...
As palavras que saíram da minha boca aquele dia?
Jamais!

Além do que não me interessa.
Passou.
Toda a dor passará.
Assim espero.
Como também esperava o Jd. Imperador
que parava bem na porta da tua casa. ■

SENTIMENTOS

Soluça todo o teu sentimento
na minha cara.

Assim eu regurgito um arroto recíproco
sem moldes, sem farsa.

Bufa uma prova de amor
por debaixo do lençol.

Nós, ainda nus, cobertos dos pés à cabeça
em meio à névoa espessa.
Chapados do mais puro aroma de paixão.

Espirra teu romantismo
e assoa na manga da camisa o tesão.

Defeca o teu carinho.
Nós dois abraçadinhos
na forma de uma concha
da praia de São Sebastião

Mas prometa
jamais, amor meu,
gozaremos da vida em vão. ■

PUSSYNA

O meio das tuas pernas é minha piscina.
Mergulho, me afogo no teu sulco
Invade minhas narinas.
A saudade é um tipo de ignorância.
A tua ausência é assim...
Terrível.
Tal qual uma livraria cheia de sabedoria.
Um milhão de livros sem nenhum leitor,
triste e vazia.
E eu queria apenas poder...
me perder na constelação leitosa
do teu corpo.
Traçar linhas.
Te lambendo das coxas até o colo
ligando uma por uma.
Formando uma galáxia só de pintinhas.

O PÉ SANGRA... MAS A GENTE NÃO SE CANSA.

uando ela anuncia aquela semana que vai passar fora, a trabalho, feito uma criança mimada, eu lambo as lágrimas que descem pelas bochechas em escalada árdua.

Imploro teu gozo uma última vez, como se a minha própria vida dependesse daquilo pra continuar sendo vida. Quando ela diz não querer me encontrar por duas horas, pois já não basta o pouco que se tem e vê-lo reduzido a quase nada já é demais, eu murcho mais rápido que um caralho sem vontade de ser.

O foda é ela ter razão.
Sei sentir a culpa minha.

Mesmo ninguém tendo culpa de nada porque se gostar tanto assim é uma dose macia e amarga do conhaque barato d'esquina. No mesmo passo torto que segue a nossa valsa bêbada segue também a nossa vida até que alguém crie coragem pra assumir a dor das bolhas, uma dor fodida.

O pé sangra... mas a gente não se cansa.

A BORBOLETA PRETA DO APOCALIPSE

O amor, às vezes,
vem dobrado num pedaço
bem pequeno de papel,
daqueles biscoitos da sorte
do China In Box.

Vem como um recado
amarrado na pata duma pomba cega,
cheia de doença.
Da borboleta preta do Apocalipse
batendo as asas,
espalhando um pólen
de más intenções.

O amor às vezes
vem para bagunçar,
para foder com a vida
de algumas pessoas realmente boas. ∎

QUE TERNURA

eclama com ternura
que fazia é tempo que pra ela
eu nunca mais havia escrito nada
daquelas coisas bonitas.

Eu admito:
Fazia um bom tempo mesmo.
Andamos bem ocupados
trepando, bebendo demais
e eu me sentindo pouco inspirado.
Submerso em mim mesmo.

Quando voltamos da praia
trouxe comigo no ônibus
uma porrada de ideias
que ficaram ecoando na minha cabeça
feito o barulho de mar dentro da concha
quando se aproxima da orelha.

Só queria me concentrar em escrever
um poema bonito pra caralho
sobre como dava pra ver da janela
as ondas batendo nas pedras na encosta
enquanto as suas coxas batiam as costas
nas minhas coxas já trêmulas.

Eu me sinto uma farsa às vezes, sabia?
Mas aí olho pro oceano que
você tem no meio da cara.
Então me vejo refletido, límpido
na sua imensidão verde
que é todo o amor.

Fodam-se as ondas,
a timidez do sol, as gaivotas,
o miado do gato lá fora.
Fodam-se as lamúrias
de quem pode,
mas não sabe aproveitar a vida.

Nada mais importa
quando você me abre
um sorriso e as pernas
com tremenda ternura. ■

oite passada sonhei que estávamos eu, você e o Luiz Melodia jantando lá em casa.

Do nada, ele solta na mesa que tem uma música nova e que gostaria de cantar pra gente.

E, meodeos, é a coisa mais linda que já ouvi na vida, depois do seu gemido...

Me desfaço em lágrimas despudoradas e, sem tentar esconder, olho pra você, num estado tão deplorável quanto o meu, o teu garfo treme na mão.

Acordo.

Sentindo um vazio da porra, tento a todo custo lembrar a música, assobiar, mas não consigo uma nota sequer. É mais frustrante que a bola na trave daquela final de Libertadores da América.

Que o primeiro fora que tomei na vida.

Levanto nu, vou até a vitrola e boto um café pra coar, enquanto a agulha passeia pelo sulco de pérola negra.

Meu peito rasga logo cedo e ainda é terça-feira.

MINHA MÃE, DEUS E O JOHN LENNON

quela manhã a gente acordou com o latido dela pro desgraçado que apareceu no portão berrando que cortaria a luz da casa.

Pelo visto, contratos com imobiliárias valem menos do que formas de gelo dentro de uma geladeira desligada. A segunda-feira seguiu desafinando mais do que a Yoko Ono, e o Lennon nunca foi mesmo o meu Beatle preferido.

Mas quando começou a tocar "Mother" em sincronia com você abrindo aquela barra de Milka que a minha mãe deu pra gente...

Putaqueopariu! Senti meu cérebro derreter na ponta da língua junto com o último farelo de recheio daquele pacote roxo de ilusão. O lençol úmido do nosso suor, a névoa das velas aromáticas compradas na sua viagem para Flórida se misturando com a fumaça de uma ponta que eu achei embaixo da cama.

Deus apareceu na janela, montado numa vaca malhada dando tchau. Ele usava um óculos de aro redondo e empunhava um velho violão.

OS BICOS DAQUELAS TETAS

Os bicos daquelas tetas
eram tão empinados quanto os narizes
de pseudoartistas
que vomitam seus egos a plenos pulmões
num Karaokê sujo da Liberdade
onde eu bebo com meu amigo que
desenha o Lanterna Verde.

É que os bicos daquelas tetas
eram tão afiados quanto as lâminas de
samurais ancestrais daquela japonesinha
cantando "Evidências" com as amigas
bêbadas de saquerinha.

Mas é que o bico daquelas tetas
eram tão pontudos
que furaram a sua blusinha de seda.
Senti descer um melaço dos olhos
que não eram lágrimas
e então o mundo escureceu de
uma hora para outra.

Acordei em casa.
Tentei abrir os olhos,
o pretume permanecia
e a única imagem que não me sai da cabeça
São os bicos daquelas tetas. ▪

COLÔNIAS

o bairro da Mooca
há uma colônia de italianos.

No da Liberdade,
uma colônia de japoneses.

E, no não menos tradicional
Largo da Batata,
há uma colônia de bêbados
com um aroma puro e cachaceiro.

E aos bons bêbados
eu dedico estes versos
do verbo To be... Tô bêbado,
pois ao te ver bêbado
irei proclamar
e assim espero
que quando me vir
também o faça...

Vamos beber!
Vamos todos tomar uma Providência.
Vamos copular.

Mas vamos também (com certa parcimônia)
e um trago de moderação,
para não acordar as vizinhas
que logo mais despertarão,
com as galinhas, as avezinhas
Ave Maria, Ave João!

VINTE OITO

oje acordei com um dia a menos na soma
e um risco a mais na parede da cela
que representa meu corpo,
onde minh'alma é mantida encarcerada na solitária.

Donde só será libertada quando
assim julgar conveniente a dona.

Enquanto isso acumulam-se as rasuras,
as amizades, os afetos e desafetos, as pragas,
as curas, as bodas, as conquistas.

É de perder as pregas a paúra.

Por hora resta agradecer a quem cuidou de me condenar.
A cumprir tal pena cheia de coisa boa pra aprender.
Levar pruma próxima talvez...
seja lá o que tiver que ser.

Seguirei firme ao som das notas que Belchior deixou:

"tenho sangrado demais,
tenho chorado pra cachorro
ano passado eu morri,
mas esse ano eu não morro"

URUBU É GUARDA-SOL DE POBRE

Tem gente que é massa
mas também tem gente
que está apenas no meio da massa
e ainda mosca na frente da porta.

Tem gente que mente,
que não se controla.
Assim como tem gente que rouba.
E rouba gente da gente.

Tem gente que sente
e gente que fede.
Mas o pior é quando
a gente fede e nem sente.

Se bem que há quem ache
cheiroso o podre dos dentes.

E ó, que nesse mundo
tem gente, viu...

– E nesse banheiro?
– Tem gente!

Capitulo 03

NA PISCINA DO CONDOMÍNIO TODO PLAYBOY É TUBARÃO

NA PISCINA DO CONDOMÍNIO TODO PLAYBOY É TUBARÃO

67

"Ai, mas a gente nunca acha que vai acontecer aquilo com a gente, né?"

D

iscordo.

Não é preciso do Drauzio Varella pra constatar que se você transar sempre sem camisinha, existem apenas três caminhos possíveis: uma vasta prole, uma cartela de remédios ou de abortos.

Se você experimentar cheirar cocaína uma única vez na vida, isso não necessariamente significará que no dia seguinte você estará assaltando a sua própria casa pra comprar mais. Mas se você der o azar de viciar de primeira e cheirar loucamente todos os dias, então aí, você muito provavelmente poderá até acabar morto.

Viver é arriscado.

Eu mesmo, sempre andei na rua achando que poderia ser atropelado ou então levar um tiro a qualquer hora, em qualquer dia.

E isso já vinha de muito antes da paranoia desenvolvida por conta dos noticiários de pandemia.

Quando criança, temia que isso acontecesse pelas mãos dos bandidos da quebrada.

Um carro dobrando a esquina, desacelerando, PLAU.

Mas aí gente cresce e descobre que existe um código. Descobre que os bandidos não só dão bom-dia para a sua vó, como sabem o nome dela, ajudam a sua mãe com as sacolas da feira e não irão te fazer nada de ruim, há não ser que você aceite ser aviãozinho, ou então um tremendo X-9.

A gente cresce e descobre que, por conta do pantone social, é mais fácil a gente levar um tiro de um policial ou de um segurança do mercado, do shopping.

Eu, por precaução, sempre andei com a morte no cangote. No bolso da camisa.

Mas a pandemia... Por essa eu realmente não esperava.

Fez os filmes apocalípticos de Hollywood parecerem uma comédia onde o Adam Sandler faz todos os papéis.

Ele é o infectologista, mas é também o chefe de estado idiota.

Todos idiotas.

A república dos bananas virou mato.

Idiocracia é um ótimo documentário pra passar na sessão da tarde.

Leria *Ensaio sobre a cegueira* pro meu filho, antes dele dormir.

Veria no repeat o primeiro tempo de Brasil vs. Alemanha.

Mas por essa, por essa... Eu realmente não esperava.

Logo, agora eu concordo: A gente nunca acha que vai acontecer com a gente, né?

Até acontecer. ■

O MERECIDO DESCANSO DE DRA. VÂNIA

Moro no térreo de um condomínio simplório e compacto. A janela da minha cozinha dá de cara para a garagem de uma das torres.

E daqui eu já testemunhei cada coisa...

Já vi dois gays, um deles de farto bigode e incrédulo de sua natureza, saírem no tapa por conta de vaga.

A quem interessar possa: o assumido levou a melhor, saindo com apenas duas unhadas. Já vi gente abrir o porta-malas e deixar os ovos caírem espatifando no concreto seco.

Se a decepção tivesse um som, imagino que deveria ser esse. Assim como também já vi sacanagem.

A filha mais nova do delegado aposentado, por exemplo, mamando o namoradinho escondida atrás do carro da Dra.Vânia. Essa de voyerismo nunca foi muito a minha praia, não.

Mas, no susto, travei sem conseguir recuar e também não

pude arrancar os olhos da cara. Seria mais estúpido ainda fazer barulho fechando as janelas e atrapalhar o espetáculo. Que, diga-se de passagem, ia de mal a pior.

Assisti. Sem querer.

Ela parecia fazer a coisa toda com má vontade. Ele, no mínimo, também não deveria estar fazendo a sua parte direito. Desconfio que tudo ali não passava mesmo de teatro. Uma espécie de afronta ao pai autoritário.
Mas, cada qual se rebela contra o sistema da forma que melhor lhe cabe, sem julgamentos.
Segue o jogo.

Ela viu que eu vi.

Ela, por sua vez, também já me viu queimar os bigodes nessa mesma janela, produzindo um cheiro característico, lá pelas tantas de uma madrugada em que fugira faceira pra encontrar às escondidas o mongo de topete.
Estávamos praticamente quites.
Era aquele o nosso segredinho sujo.

Agora, uma coisa que não era segredo para ninguém: Dra. Vânia, durante a pandemia, coitada, eu a via sair às 5h e só voltar às 23h, isso quando não voltava às pressas, apenas para pegar novas mudas de roupa e já saía logo.

Durante o pico mais grave da infecção, as suas olheiras já faziam parte da vestimenta tanto quanto o seu jaleco ou as máscaras – que EPI é coisa de primeiro mundo e olhe lá!

Fato é que, num desses retornos pra casa, a Dra. saía tão atordoada de seu carro que não percebera a vizinhança, a qual combinada em uma dedicada salva de palmas, a surpreendeu de forma fatal.

Acredito que a pobre Dra. não estava nem um pouco preparada para a homenagem.

Tão imersa em suas angústias por não poder abraçar ao filho, tamanha surpresa fez o seu coração parar de bater ali mesmo, na passagem da garagem para o hall de entrada.

Cômico se não fosse trágico, feito uma camisa verde e amarela.

O brasileiro de classe média é o mais letal dentre todos os vírus da terra. Sejam eles Made in China ou da esquina.

Mas pelo menos, Dra. Vânia, enfim, pôde descansar. ■

NA PISCINA DO CONDOMÍNIO TODO PLAYBOY É TUBARÃO

RIO TEJO

Está nos mínimos detalhes: duas quadras abaixo de onde moro fica uma padaria meio metida a besta aqui do bairro. A pizza e a torta de morango são realmente boas. Mas o resto não é lá essas coisas não.

Mas eles juram que é. Assim como a sua fiel clientela das altas varandas da região jura aos frentistas e balconistas, que são seus amigos, que eles votaram certo *"pra tirar tudo isso que estava aí!"*. Assim como juram que são boas pessoas, cristãos de bem, por partilharem o pão, mesmo que seco, com os pedintes que se escoram nas rodas de seus brilhosos e potentes possantes estacionados tomando toda a calçada do tal palácio do pães.

Está nos mínimos detalhes: uma foto panorâmica de parte do Rio Tejo, em Portugal, adesivada de ponta a ponta nas largas janelas de vidro, de modo que os moribundos ainda continuam conseguindo enxergar a classe média se lambuzando com gosto lá dentro. Porém, o adesivo impede que essa mesma classe seja incomodada pelo mundo exterior das ruas.

Não sei como chamar... Sorte, oportunidade, sei lá, mas uns anos atrás eu pude me sentar em frente a esse mesmo rio para apreciá-lo, tomando um vinho barato de supermercado.

Porque você pode fugir, viajando para qualquer parte do mundo e até para o espaço, mas o que você é por dentro, continurá sendo o mesmo em qualquer lugar.

Está nos mínimos detalhes: não me lembro desse rio ser tão poluído por dentro quanto ele parece agora, olhando aqui de fora, da calçada da padaria. ■

DONA MARIA

 o mesmo dia em que o homi deixou as grades, eu conheci de orelhada a Dona Maria e sua mais recente amiga, a Jaque.

Em resumo, elas haviam acabado de se encontrar ali, por total acaso, durante a baldeação da Sé pra Itaquera.

Dona Maria já foi de tudo nessa vida e, nos tempos como gari, se envolveu com um colega da firma, foram indo, indo até casar. Durou dez anos, até ela descobrir a traição do cabra com uma outra colega de serviço deles.

Foi uma barra e tanto, ele quebrou tudo que ela tinha no barraco, só pra obrigá-la a voltar. Mas Maria foi firme, guentou um tempão sem emprego, inclusive acabara de voltar pro mercado de trabalho.

Mas tava contente não.

O patrão paga os 500 e pouco em duas vezes.
Diferente da sua nova amiga, que trabalha numa clínica boa, pessoal bacana que tá sempre precisando de cuidadora pros velinhos, coitados.

E olha só: Dona Maria adora a velharada.

Fez curso, sabe aplicar insulina, dar banho, inclusive já fez isso na vida também; cuidava de uma senhora na Faria Lima, família muito rica, a bicha tinha 103 anos e lúcida, credita?!

No fim, anunciaram a estação Carrão e desembarquei sabendo da troca de números de telefone, a promessa de indicação e que deus abençoe, fia – vai, vai dar certo sim, a senhora vai ver!

Antes do apitar e acender das luzes vermelhas, fitei um tipo encostado do lado da porta. Ele lia compenetrado *Como fazer amigos e influenciar pessoas*.

Babaca. Devia jogar essa porcaria fora e também escutar a Dona Maria. ▨

sso rolou faz uns dias já, na boca do terminal de ônibus do Carrão, friaca cortante, saquei a molecada descalça e maltrapilha surgindo eufórica, em bando.

Montados nas patinetes amarelas, partiram rumo à Salim aos gritos, dando pinote, atropelando os carros e os pedestres que tentavam pegar seus ubers. Aquele que parecia o menor e o mais novo era quem dava as ordens.

Uma espécie de versão brasileira e muito fodida de Sons of Anarchy só que com o Pixote de protagonista.

Enfim, eu nunca sei o que achar dessas malditas patinetes verdes/amarelas.

Pra mim, acabam sempre remetendo à um workaholic idiota de terno e tênis pela Paulista ou pela Faria Lima, sei lá.

Mas a cena me lembrou muito a metade dos 90; eu e a molecada da minha rua saíamos do Jardim Belval e íamos até Alphaville, numas bicicletas capengas que sempre davam algum pau no meio do caminho.

Chegávamos na porta do shopping Tamboré numa mistura de suor, lama e graxa.

Acho que entrávamos só pra beber água, as madames horrorizadas e os seguranças sempre em alerta.

Chegava a ser engraçado.

Vendo a gangue deliquente mirim da yellow, senti novamente aquele sopro de aventura, de risco de morrer num trecho mais tenebroso, entre os ônibus e carros.

Chego na porta de casa e dou de cara com uma bike abandonada pra enferrujar no sereno do quintal, feito os sonhos que tínhamos na infância. Penso que poderia trocar as horas de escrita, cigarro e cerveja no sofá, por uma vida mais saudável.

Hoje, talvez eu possua coisas às quais não dou o devido valor.

Entro, beijo meu filho na testa e peço a um deus no qual nem creio, que a gangue das patinetes tenha chegado completa no seu sem destino. ◼

O DIA EM QUE COMI BOLOVO E CONHECI O MIA COUTO

Tenho tara por atendentes. É isso.

Podem achar estranho, mas há gentes tantas mundo afora comprando calcinhas usadas pela internet ou paradas ainda mais tenebrosas.

Eu tô tranquilo aqui na minha tara inofensiva.

Até hoje não descobri colé disso aí.

Se tem a ver com uniforme, a conversa meio mole no caixa pra matar o silêncio, sei lá...

Sei que ela sorriu pra gente.

Não parava de sorrir, na verdade.

Estávamos lá, na loja de conveniência de um posto de gasolina no meio das quebradas de Perus em busca de algo que enganasse o estômago antes da palestra do Mia Couto no teatro do CEU.

Só tinha bolovo.

Jogamos os dados e aceitamos o destino.

Ela sorria de um jeito que ainda não consegui decifrar o que era. Algo entre o sarcasmo e a malícia.
Não tinha nem de longe o rosto sem graça da TV e passarelas, e nem tão pouco o maltrato da vida dura.
Era comum. E isso encanta. A honestidade, às vezes, pode ser bem bonita também.
Perus é bonito de um jeito peculiar.
Tem muita luta enterrada ali.
Conheço uns tipos que nem desceriam do carro com medo.

Perus é quem tem receio de vocês.
Perus é Bacurau e Bacurau é Perus.

Voltamos pro teatro e o resto é história: sorrisos, fotos, apertos de mãos, falatório, palmas, mais apertos de mãos, mais fotos. No fim, o bolovo tava uma delícia e o escritor moçambicano pareceu um tiozinho bem bacana, boas histórias.

Mas foi uma das poucas vezes em que a figura me ganhou mais do que a literatura.
Não li o suficiente os seus livros, mas não entrei no clima.
Acho que não consigo explicar direito, mas é como se ele fosse tipo uma atendente – atrás do balcão, em trajes de gala e sorrindo – mas de um jeito perfeito demais. ■

NA PISCINA DO CONDOMÍNIO TODO PLAYBOY É TUBARÃO

O mundo nunca me lançou muito do seu olhar 43, é verdade.

Tanto faz. Não fui criado para esperar isso dele.
A gente vai aprendendo a lidar e entendo melhor o nosso lugar nessa merda toda.

Os motivos eram tantos e tão diversos que já nem sei mais direito – meus pais diferentes, minha cor, um black power, uma barba, roupas, enfim...

Não faz tanto tempo assim, um irmão meu viajou pra China a negócios, eu acho.

Me trouxe de presente um boné do exército popular de libertação, verde musgo com uma estrela vermelha. Maneiro pra caralho. Gosto de usar ele quando vou na padaria ou jantar com a família em algum lugar metido a besta do Tatuapé.
Mas dessa vez, não foi proposital não, juro.

Pediatra do moleque marcada pras 7 da manhã, vesti a primeira coisa que encontrei no chão do quarto, que era esse boné, uma camisa vermelha, bermuda e havaianas.

Quando ela abriu a porta e deu de cara comigo, lançou aquele olhar que eu conheço tão bem ou melhor do que as minhas próprias cuecas.

Saquei tudo ali.

O resto da consulta foi ela dirigindo a palavra apenas à minha mulher – e até aí normal, muitos fazem isso de cagar total pro pai, pois acham que somos uns inúteis – e num é que muitas vezes eles têm mesmo razão?!

Fiquei de boa, continuei sacando os dentes muito brancos e muito retos dela parecendo um mentex, no melhor estilo Firmino, par de coxas exageradamente torneadas de quem malha todos os dias, o último modelo de iPhone, e cursar medicina e abrir um consultório naquele bairro não é exatamente pra quem quer.

A única coisa morena ali era eu, uns 2 ou 3 bebês num mural de fotos lá fora pra fazer aquela média e os longos cabelos dela mais lisos que a minha conta no Itaú.

Mas achei que era conspiração, paranoia e preconceito meu. Tentei abstrair. Na despedida, o mesmo olhar pro alto da minha cabeça – estrela vermelha.

Minha mulher saiu meio incomodada do prédio, mas não sabia explicar exatamente com o quê.

Dei uma de joão-sem-braço e, já em casa, no banheiro, saquei do celular e cacei a barbie doutora no facetruque.

Gritei da privada:

– *Baby! Descobri o que te incomodou!*

– *O quê?*

– *Ela passa as férias em Orlando, apoia o Moro e votou no Aécio.*

Ahhh aquele olhar 17... ele nunca me engana. ◾

ESSE CARA SOU EU

ndo pesado ultimamente.

É tanta notícia ruim no mundo que meu coração é obeso de tristeza e até na minha cabeça, que pequena nunca foi, falta espaço para as brisas fluírem livremente como antes.

O relógio da Vergueiro parece mentir sobre todos os graus que fritam os asfaltos lá fora.

Na saída do metrô, sem surpresa alguma, o violinista afina inutilmente seu instrumento.

Eu não manjo porra nenhuma de música clássica, logo, ele até que não me parece ruim. Mas ao mesmo tempo, penso que, se ele fosse bom de verdade, não estaria ali sorrindo em troca de algumas poucas moedas, mas sim numa sinfônica da vida.

Enfim, cada um tem a sua história.

Mas acho que dá pra afirmar tranquilamente que ele desafina com simpatia e classe. Me identifico com isso. É preciso ter coragem pra viver sem se abalar.

Sempre sorrio de volta, mas nem sempre deposito a minha humilde contribuição – a qual torço para estar sendo destinada aos estudos e não apenas para o x-salada do dia.

Da última vez foi foda.

Cena digna de ganhar as telas de um filme que emocionaria tanto hipsters quanto casais de velhos no Cine Belas Artes.

Um fodido, mais fodido que todos nós ali, me pediu ajuda, antes mesmo de eu sorrir pro violinista.

Desenterrei dos bolsos umas moedas e um breve dilema.
Sem poder pensar muito, atendi a mão encardida que se estendia à minha frente.

Ia saindo sem graça, sem olhar pra trás, quando de repente, escuto:

– Toma. Agora toca aquela que eu te pedi, aquela da novela.

Parei.
Não fui nem voltei.

Atrapalhei o trânsito dos engravatados de bancos e patricinhas do Etapa.

Deixei uma lágrima escorrer enquanto acendia um Kent e ouvia aquela do Roberto saindo meio desafinada do violino, feito as nossas vidas. ∎

SALVE, JORGE

"Eu estou vestido com as roupas
e as armas de jorge
para que meu inimigos tenham pés
e não me alcancem"

(Faixa de abertura de *Sobrevivendo no inferno* - Racionais MC's, 1997)

No meio dos anos 90 eu acompanhava a minha mãe nas feiras de artesanato.

Aos sábados, com remelas nos olhos, mantínhamos uma barraca de bijuterias ecológicas no miolo da Benedito Calixto.

As rodas de chorinho e os velhos discos de vinil faziam a trilha sonora do pastel de carne com queijo que nem sempre vinha acompanhado do caldo de cana maior, quando as vendas eram fracas, quase nada.

Mas quando chovia era bem pior.

E me fazia mal, como me fazia, ver a minha mãe daquele jeito. Então, uma época eu inventei que seria guardador de carros ali na região, pra completar a renda.

Mas a verdade é que eu era péssimo. Mirrado demais, novo demais, de outra quebrada... sem traquejo social desde aquela época, não consegui me aprumar bem com a molecada mais velha e mais malandra, que desempenhava essa, entre outras funções por lá.

A miséria que eu descolava, eu corria pra gastar em fichas no fliperama da Teodoro Sampaio.

Um galpão escuro e iluminado ao mesmo tempo, que tinha uma aura meio mágica pra mim.

Ali, colidiam-se os universos. Os tipos todos de desajustados, convivendo em harmonia, cercados e hipnotizados por diversas telas.

As torcidas organizadas desembarcavam da estação lá embaixo e subiam a Teodoro a pé, emanando hinos, fazendo algazarra, assustando a burguesada de Pinheiros. Sempre paravam lá prum esquenta antes do jogo no Pacaembu.

E é verdade que acabei perdendo muitas fichas, porém, em troca ganhei a minha fisionomia famosa na cabeça dos gigantes alvinegros. Toda semana.

Acho, inclusive, que dava pra dizer que cheguei a fazer as minhas primeiras amizades erradas. Nessa época eu nem bebia nem nada. Mas pra quem vinha de onde vinha, já tinha idade suficiente pra manjar o que eram as coisas.

Um desses manos, uma vez descobriu que era meu aniversário naquele dia, e resolveu então me presentear com uma carteirinha do Corinthians, estampada com uma imagem de São Jorge matando o dragão.

Putaqueopariu – parecia ser o dia mais feliz de toda a minha existência até ali!

Guardava escondido aquele pedaço de papel na minha carteira com orgulho. Na escola, durante a semana, ostentava.

Um belo sábado, enquanto eu saía e me despedia dos meus grandes amigos, encostou um caveirão e enfileirou todo mundo na parede do fliper, pernas abertas, sem boné, sem camisa, sem dó. Uns tapão na oreia dos mais ousados e eu – apenas uma criança trêmula feito um bambu verde – no meio.

Os gambé abriram a minha carteira, olharam o meu RG autenticado – e eu só tremia. Acharam o meu presente – e eu só tremia. Rasgaram ele na minha cara – e agora eu tremia mais, mas era de raiva.

Engoli o choro mais doído do mundo todo e fui liberado com um esporro de que ali não era o lugar e nem a gente certa pra eu estar.

Acho que nunca cheguei a contar isso pra minha mãe.
Eu devia ter uns onze.
E esse foi o primeiro enquadro que eu tomei na vida.

Salve, Jorge. ■

NA PISCINA DO CONDOMÍNIO TODO PLAYBOY É TUBARÃO

arece que aquilo que tenho de melhor para se contar, quase sempre tem o seu suceder nos trilhos subterrâneos, nas artérias entupidas de gentes todas: o metrô.

Eis que nessa vez eu descia sem pinote a escada rolante – o bicho de metal do qual os conterrâneos mais velhos de meu pai muito se amedrontam quando desembarcam cá na cidade grande. Na minha frente seguiam dois amigos ou colegas de trabalho de longa data, não tive tempo de averiguar com precisão, numa resenha estrebuchante daquelas de dar cabo em qualquer meditação.

A figura mais esguia e espalhafatosa bradava aos ventos que andava farta dos abusos, da falta de privacidade da sua colega de quarto. Afinal, onde já se vira tamanho atrevimento esse de entrar no quarto sem bater e acabar por pegar a companheira no meio de uma cam, com vibrador ou mesmo com um bói?

E que agora era mesmo para valer, queria mais do que nunca um canto só seu, já que os seus anúncios bombavam justamente pela vantagem de oferecer lugar próprio. Bem nessa hora, aquela que fazia o papel da ouvinte, me fitou meio de rabo de olho, meio encabulada por de trás da franja alisada no babyliss. Ao ultrapassá-las na rolante digo que, problema ali, não há nenhum! – pois eu também me prostituía todos os dias e, por vezes, chegava até a me orgulhar disso!

Infelizmente, os ponteiros me fizeram apertar os passos e acabei por abandonar o papo ali, sem tempo de explicar que eu trabalhava com arte.

TEM QUE ENSINAR A PESCAR

ATENÇÃO! Texto livremente baseado em fatos cruéis.

Fazendo sombra bem na frente do lugar onde eu trabalho, fica um vasto condomínio de prédios medianos, nem muito alto, nem muito baixo.

São seletos apartamentos espalhados através de uma boa área arborizada que pode ser contemplada diariamente de algumas varandas espaçosas, decoradas com bom gosto à la Pinterest, redes trazidas, muito provavelmente, de viagens pelo Nordeste do país. Também umas tantas bikes penduradas no alto das paredes, e claro, como não poderiam faltar: vasos com costelas-de-adão mais bem cuidadas que muito morador de rua por aí. Nesse jardim do éden da classe média-alta, habitado por jovens casais e coroas que são a cara da Ana Maria Braga e praticam cooper, estão outros tipos mais que tiravam boas notas na escola e tinham uma alimentação balanceada com exercícios e carreira profissional estável, como é o caso de um desses vizinhos.

Chegava no meio da madrugada, de um aniversário (ou happy

hour estendido, não sei) e, ao sair do carro, foi surpreendido por dois homens que desceram de uma moto já lhe arrancando tudo dos bolsos, do porta-luvas, malas, tudo, vai!vai!vai, caralho, passatudoporra!!! Vai filho da puta perdeu-perdeu! Já era, já era, ajoelha, vai.

BLAM!

Ex-CEO, atual tetraplégico. De acordo com o que consta no boletim de ocorrências registrado na delegacia mais próxima, a motivação de tal fatalidade se deu por causa de meia dúzia de pertences e bens materiais como, um notebook, um smartphone, etc.

Mas a gente, que não é otário nem nada, sabe muito bem que as verdadeiras razões da sua tragédia têm raízes mais profundas, oriundas do poço mais fundo e fétido que chamamos de sociedade. A sorte do coitado, ou se preferir chamar de milagre – por mim, tanto faz –, é que um desses catadores de papelão, descia a rua bem na hora.

Dizem que o homem tirou a própria camiseta, num frio do cão, e a enrolou no pescoço do outro que já agonizava em desespero na sarjeta. Isso rolou faz uns meses já. Vi o catador passar lá em frente outras vezes, mas nunca troquei uma palavra com ele, muito menos com o vizinho.

Não sei qual era a opinião de um em relação ao outro, suas convicções políticas, seus sonhos, passados, perdas, realmente não sei. Só sei de uma coisa:

A vida é frágil feito um papelão e, definitivamente, não tem nada de meritocrática. ◼

> *"Se correr, o bicho pega, se ficar, o bicho come."*
>
> (provérbio português)

 impressão que eu tenho é de que a vida é como um desses aplicativos de foda, onde você tá sempre flertando. Ora com uma gozada dentro sem camisinha, ora com umas doses a mais do que deveria ou uns tapas, uns tiros. Bem no meio de uma briga num bar, enfim, você tá sempre flertando.

Mas o seu encontro marcado mesmo, no fim das contas, é com a morte. E é ela quem decide quando vai aparecer pra te buscar, pra te pegar de jeito. Enquanto isso, é como se ninguém fosse de ninguém. Sem compromisso, pode ir se divertindo de boa, caçando assunto por aí...

Eu, por exemplo, já estive de bobeira algumas vezes. Chegamos a marcar, mas para a minha sorte, a mina da foice acabou chegando atrasada em todos os encontros.

Numa dessas – me lembro bem – eu era pivete e, pra me divertir, como todo bom pivete de quebrada faz ainda hoje, eu jogava bola.

Praticamente o dia todo, fazia sol ou fazia chuva, eu jogava. O único rolê possível era correr descalço atrás da redonda nas ruas, até porque as havaianas (que nem em sonho viriam a figurar passarelas e pés de figurões) estavam sempre ali, fazendo as vezes de traves ou então de luvas para os pobres goleiros.

Foda é que o bairro já não era mais assim, tão à margem, como havia sido há uns bons anos.

Ali tava longe de ser a disneylândia, porém isso em nada impedia a chegada de cada vez mais famílias, mais comércio, mais carros (malditos carros!). E tinha cada vez mais carros, e menos espaço.

O jeito então foi buscar alternativas nos arredores próximos. O tal progresso havia trazido, junto de todas as mudanças, o primeiro viaduto ali na região. Na promessa dos governantes de lá, *"a fim de erguer uma conexão mais rápida entre municípios vizinhos"*.

De praxe desde muito antes até, uma obra superfaturada, com prazos estourados e resultados que dividiam o povão.

Só onde não restavam dúvidas, era no nosso time: Tava mais do que decidido que, ali, embaixo da ponte meio abandonada, ali seria o nosso novo campo, nossa mais nova quadra predileta!

Semanas seguiram assim, na rotina quase diária de passar de casa em casa dando um grito no portão ou tocando a campainha – que era o mais próximo equivalente de uma mensagem do zap naquela época.

Mas eis que num desses dias e, para nossa surpresa, tinha um carro estacionado bem ali, no meio da nossa quadra.

Odeio carros! Já disse isso antes?

Enfim, sou péssimo com as "raças" deles, mas acredito que era comprido e de uma cor escura, pique os carrões de bandidos de filmes que eu via na TV ou nas capas dos discos de rap gringos. Vidro fumê. Sinistro, de atravessado, atravessando a nossa vida, o nosso lazer de lei.

Logo, fomos (e porque não?), comunicar o malandro com umas boas batidas na sua obscura vidraça.

A resposta se revelou segundos depois, quando o vidro baixou lentamente, revelando uma mina no banco do carona, cabelos desgrenhados, limpando restos de baba dos cantos da boca. O malandro, mais do que enfurecido, braguilha e cinto da calça abertos. De repente, do porta-luvas ele saca um trabuco dos bons!

Eu tava acostumado a correr.
Todos ali estavam.
Era só o que nos restava.

Correr: como Lola, como Forest, como se não houvesse o amanhã. E o risco de ele não haver era bem real, tanto que cintilava ao brilho do sol.

Cada um prum lado e por si. Eu me escondi no banheiro da padaria. Do resto eu não sabia.
Não lembro ao certo se fingi uma caganeira, um desmaio ou mesmo um óbito – ninguém se importava, fato.

Só fui sair de lá, e quase que literalmente, ainda com o cu-na-mão, cerca de duas horas depois. As duas horas mais longas da vida.

Hoje, conto isso rindo.
Mas na época foi embaçado demais.

E me pergunto por onde andará esse casal.
O cara, pelo jeito que levava a vida, ou morreu pouco tempo depois ou virou dono da boca.
A mina pode até estar no tinder, caçando um garotão, vai ver...

Aí, dessa vez, eu não vou correr não. ■

DAVI E GOLIAS

"Um guerreiro chamado Golias, que era de Gate, veio do acampamento filisteu. Tinha dois metros e noventa centímetros de altura. Ele usava um capacete de bronze e vestia uma couraça de escamas de bronze que pesava sessenta quilos; nas pernas usava caneleiras de bronze e tinha um dardo de bronze pendurado nas costas."

1 Samuel 17:4-6

Foi ontem à noite. Outra vez no metrô. Outra vez, a porra da necessidade das pessoas por atenção. Um casal meia-idade, seu filho especial, num banco azul especial. Na outra ponta um tiozinho, maltrapilho, mendigando pra inteirar uma marmita ou cachaça, que seja; o infeliz normal.

Eu no meio.

Segue a prosa-lamúria em dó menor no ritmo de costume, abafado pelo barulho ensurdecedor do trem se arrastando pelos trilhos e pela apatia digital do público não pagante.

Eu no meio.

Com destino marcado pras fraldas, na carteira eu só carrego uma única nota de uma onça cochilando junto do RG e um cartão internacional estourado no cheque especial.

O menino, especial também, abre um sorriso careado.

Me assola a lembrança de umas moedas na caixinha de madeira do rack da sala. Ela precede o mandato de busca nos bolsos da minha jaqueta: inútil.

O menino-especial olha pra toda a gente sem olhar. Ele apenas balança incansavelmente a sua cabeça e sorri. Nisso a voz do tiozinho ganha cada vez mais presença e eu já não estou mais no meio.

Vacilo uns dois ou três frames e, agora, o pai de família que já parecia grande-gordo-e-bravo, dobra de tamanho ganhando o aspecto de um lenhador das montanhas. Nem a camisa xadrez falta.

O gigante acordou.

E ele agarra o braço do tiozinho que desagarra na mesma hora, se contrapondo firme.

Mas é impávido o colosso.
Sua esposa, não se sabe ao certo se, por vergonha alheia ou por uma cumplicidade matrimonial estúpida, pede calma, que ele, por favor, retorne a sentar.

Mas ele? Ele não! Não senhora!!!

Sem se dar por satisfeito, levanta, esbraveja, apontando o dedo de bater em cachorro morto na cara do tiozinho, que "nuncamaisolhetortoparaofilhodeletáentendendo? – QUE PORRA olhasóacondiçãodomenino TÁ MALUCO, Ô CARALHO? VAGABUNDO nãotávendoqueomolequeéespecial?

O tiozinho – que até então não tinha nada de especial, virou um cacto do cerrado, até o tom de voz firmou – pigarreando, retruca.

Certo ele. Errado tô eu, que não consigo estar no meio.

Congelo.
O pai-de-família é assustadoramente enorme.
Um bloco maciço de ignorância e pelos.
Na hora penso em intervir, mas então, lembro de que também sou pai. Também de um menino.

Quero estar no meio, mas não tô. Sou um verdadeiro cuzão.

Então, quando a coisa parece que vai descarrilar de vez...

Lá da putaqueopariu do fundo do vagão surge um anjo com as asas guardadas dentro duma jaqueta de couro meio surrada, num tom de voz suave que afaga tanto as feras quanto os feridos.

Dá a carteirada de assistente social, pede perdão que "o rapaz ali é dependente químico e não fez por mal e tal, que ela tá acostumada a trabalhar com as pessoas assim, numa situação de rua, mas às vezes a gente mesmo que interpreta errado, sabe? A vida não é nada fácil pra ninguém e imagina pra quem cuida de criança assim, então? Ela entende também, inclusive, qual o nome do garotão?"

Se foi blefe eu não sei.
Na Sé, eu desembarquei sem saber e vou continuar assim até morrer. De morrer escapou também o pobre diabo que desceu comigo.

Quando, por empatia e solidariedade tardia com cheiro de culpa, perguntei o seu nome, de pronto e ainda puto-da-cara, me respondeu que era "Davi. Da Silva.".

O metrô apitou.

Da janela vi que o Golias finalmente sentou ao lado da mãe do menino, especial, que sorria.

Sorria e balançava a cabeça.

São Paulo, Brasil, 2019. ▧

NAQUELE DIA

xterna. Quintal – dia.
No tempo das chineladas até o portão, escuto pela terceira vez, quase consecutiva, a advertência da companheira para que eu compre o papel higiênico do próprio Dia.

Peço com carinho que ela me envie a lista numa mensagem de zap pra colaborar com o meu HD levemente danificado para tais coisas. Mas para tais coisas apenas.

Corta.

Caminho leve pela calçada esburacada, irregular e perfumada por merdas que nasceram de cus caninos alimentados por ração de primeira. Apesar dos pesares, meu faro detetivesco não é de falhar para tais coisas. Veja, para tais coisas.

Corta.

Interna. Corredor do Dia Supermercados.

Detalhe que talvez não coubesse; meu traje molambo se configura, de baixo para cima, numa chinela Havaianas, shorts de futebol preto com o elástico meio frouxo (mas de cuecas) e uma camiseta vermelha de gola esgarçada e tamanho que entregam ter sido comprada bons anos atrás.

Para completar a visão que figura só nos sonhos mais socialistas e olhe lá, um tapete de pelos crespos ajuda a equilibrar uma bela moringa calva que meu pescoço sustenta.

Finda a descrição e as compras, passo ligeiro pela maquininha o meu cartão do Itaú no débito, o que curiosamente parece causar um certo espanto na caixa e na velha trás de mim.

Só lamentos.

Sigo meio atrapalhado com as sacolas e, ao virar uma daquelas pick-ups adesivadas com o rosto do cramunhão verde e amarelo, me surpreendo!

Numa ré de quase fazer reforçar o tom de minha camiseta, tamanho é o susto, rolam das benditas sacolas as compras e também o pacotão de papel higiênico "da marca Dia – que é bom e barato, hein!".

Mal recobro a ciência dos fatos e um antílope berra:

– ACORDA Ô, PETRALHA!!!

Na mais inesperada das prontidões, sua filha desce do banco passageiro e me ajuda a reensacar os itens. No momento do pacotão de papel higiênico ela comenta:

– Bastante, né?

E, na subida em câmera lenta do olhar, do pacote até seu rostinho teen porcelanado embebido em leite & pêra, o meu faro detetivesco apurado não me falha:
Peguei esse broche da USP na mochila!

Então eu respondo que é para limpar toda a merda que o governo eleito pelo seu pai irá fazer.
O gordo rosa a raiva nas bochechas.

Corta.

Eu caminho com o sorriso da ovelhinha vermelha da família do fascista gravada na mente.

Eis que a companheira tinha mesmo razão:
Valeu o Dia. ◾

ELE MORRE NO FINAL

Vim ao cardiologista, na sala de espera uma paciente tratou mal a recepcionista...

Contei o final do livro que ela estava lendo.

Todos riram. Meu coração está mais tranquilo agora, até desisti da consulta. ◾

NOCAUTE

Da janela dava pra ver os brutamontes eufóricos descarregando um engradado atrás do outro de cerveja, do caminhão penso no meio-fio para a adega do vizinho.

O Berruga, o Alemão e o Piuxa estavam dentro do carro de algum fulano que só descobriram no meio do caminho que era cego do olho esquerdo e por isso dava a seta sempre sempre para o lado errado.

A realidade leva a ficção à lona todo santo dia e eu vou descer lá mais tarde e pedir uma Antarctica só para brindar isso. ◼

ÉSSEPÊ

O feriado de aniversário da maior metrópole do país é uma criança pintada de cinza-prata pedindo esmola no metrô. ◼

BICHOS ESCROTOS

A gente é tudo bicho mesmo.

Noite qualquer aí, eu bebia umas cervejas na companhia de uma amiga. Faço o tipo caladão, ela sempre foi marrenta, quase nunca brota muito papo dali. Mas tá bom assim do jeito que é.

O céu do Campo Limpo fazia jus ao nome e rajava de estrela. A cadela repousava serena no banco de madeira enquanto o álcool e a brisa da noite faziam com que esticássemos a conversa até que minha amiga me derrubou. E ó que eu já vi e ouvi muita coisa por aí, mas o ser humano, apesar de tudo, ainda tem o dom de impressionar...

Naquela hora, meio que assim de quebrada, ela conta de uma moça que, antes de virar sua funcionária na loja de cosméticos, trabalhara como assistente social.

E que durante as suas andanças pelos bairros do fundão de SP acabou por bater num barraco bem apertado onde vivia uma mulher com os seus pra lá de cinco filhos e um cachorro.

Na crueza que só a infeliz da fome é capaz de proporcionar, em total desespero, a dona ali se viu obrigada a tirar a vida canina a socos, pra ter o que dar de comer à sua ninhada. (...)

Não tive reação. Meu estômago congelou e, sem perceber, amassei a latinha na minha mão. Senti meu sangue esfriar e eriçar cada pelo até o dedão. Meu olhar quase não continha mais pupilas quando enfim encarei a cadela. Voltei minha cabeça para o céu sem nuvem alguma e no peito só ecoava um latido.

Desde então, a boa noite não parece mais digna de forma nenhuma. ◼

VOCÊ JÁ LEVOU UM TIRO HOJE?

Eu nunca levei um tiro.
E pretendo que as coisas continuem desse jeito. Mas tenho pra mim que uma verdade pode doer mais do que um tiro na cara.

Certas coisas são difíceis de se ouvir e também de serem faladas em alto em bom som. Em alto e bom som o celular toca no bolso. Ironicamente, enquanto caminho pela calçada rumo ao encontro dela, passo bem em frente à vila onde mora um sábio camarada que certa vez levantou a bola "cara, não adianta beber querendo afogar as mágoas... as malditas, elas sabem nadar".

A um passo de dar cabo no último fio de consciência que ainda me resta, penso em voltar atrás. Mas é totalmente inútil. Nós somos o pior e o melhor pra nós mesmos.
Te espero plantado ao lado da mesma árvore que fica na esquina, daquele dia de muita chuva, lembra? trocamos as mesmas carícias e os velhos beijos de sempre da saudade que nunca passa. E, como em todas as nossas despedidas, a gente se alonga, se atrasa despejando promessas que talvez nunca sejam cumpridas.

Eu escorrego a mão do teu rosto e você aproveita para chupar o meu fura bolo, insinuando o que eu estava perdendo ao ir embora. Tudo o que é sangue se concentra da cintura pra baixo. Perco o chão, quase caio fraco na calçada. Teu golpe baixo me faz voltar de pernas bambas, com raiva mas, ao mesmo tempo, envaidecido pela certeza da tua vontade.

Já se sentiu num filme antes, né?

Todo mundo já pensou nisso pelo menos uma vez na vida. Naquela hora, eu com certeza estava nas minhas melhores cenas. A edição perfeita: a garganta como um imã me levou a uma garrafa no bar da esquina, no melhor estilo "canela de pedreiro", pra regar a alma.

Sigo descendo a escadaria do metrô Vila Mariana e de repente ouço soarem as primeiras notas da trilha. O teto some revelando um daqueles heróis anônimos que sola magistralmente em cima de uma gravação marcando os compassos de take five.

Puxo os últimos 2 reais que encontro no bolso e deposito com vontade no chapéu na frente dele. Queria mesmo que fossem 20, 200. Tudo de valor que era meu tinha que ser dele naquele momento.

Mas, para o azar de ambos, minha carteira andava mais vazia que o coração de quem passava batido por um anjo daqueles. Termino a minha cerveja quase em sincronia, como se tivéssemos ensaiado aquilo tudo.

Dispensamos o uso da linguagem através de palavras. Onde um único aceno mútuo em agradecimento basta, sigo meu rumo enquanto ele parte para a próxima do repertório.

A verdade é que eu continuava sem saber o que realmente

esperar da vida.
E isso era uma foda.

A verdade mata tal qual um tiro na cara.
É seca, feito a cusparada do caubói.

Inclusive, deixa eu te perguntar:
_*Você já levou um tiro hoje?* ◼

ANJO DA GUARDA

á fui negro, mulatinho, café com leite, pardo e até branco que tomou sol demais.

Mas nenhum desses enquadros foi tão inusitado quanto aquele da Av. Sumaré.

Eu voltava do aniversário de um ano do filho de um amigo. Me acompanhava um outro ex-colega de serviço. Nem preciso dizer que estávamos à pé.

De repente, de um jeito que não se vê na TV, estávamos os dois com as pernas abertas, mãos na parede e uma única questão em comum ecoando: Mas?

A ação sorrateira e descabida me trazia uma escopeta na nuca e uma religiosidade que nunca estivera ali. Mal conseguia responder às perguntas, feitas em tom de ameaça.

NA PISCINA DO CONDOMÍNIO TODO PLAYBOY É TUBARÃO

Tremi todo na hora de abrir a mochila, o que só deve ter colaborado de forma negativa aos olhos sedentos pra encontrar algum flagrante.

– *Quê isso aqui, moleque?*

– *Doce, s-senhor.*

– *O QUÊ?!*

– *Bala, doce...*

Eu realmente não entendia a gravidade da coisa.
E uma vez mais a máxima da sorte se fez presente em minha vida.

Afinal, era como que um verdadeiro milagre eu não ter tomado uma bifa.
Ao invés disso, senti subir um riso sarcástico abaixo daquele vasto bigode.
O capitão puxara uma língua de sogra de dentro do saquinho de plástico e realmente não acreditava no que via.

Acho que o absurdo foi tanto que resolveram até nos liberar sem mais delongas.
Seguimos nosso caminho até a Paulista sem trocar uma palavra.

Desde então, e mesmo sem saber rezar, o pardinho aqui acredita em anjo da guarda. ▧

FRUTA PODRE

Era mais uma tarde escaldante em que o suor escorria pelas costas até bater no rego. Eu me movia em câmera lenta através do corredor de blocos cinzas da Paulista a fim de um açaí antes da minha consulta. A penca de frutas penduradas bem acima do balcão, em especial as bananas, cercadas de mosquitos, é que davam todo o charme do lugar. De fora já ganhei a cena: meia dúzia de gatos pingados petrificados, com torcicolo diante de uma TV no alto do pico.

Pronto, seria ali.

Amargo o gosto da inocência, viu... Na tela quem berrava a plenos pulmões era aquele maldito sanguessuga sensacionalista de terno que quase me fez perder o apetite. Enfim, enquanto aguardava ser atendido foi inevitável ver: um casal de meia-idade, empreendedores novatos numa padaria. A câmera de segurança registrou tudo. Foi durante a troca de turno deles, ele abre o armário, puxa a arma, "brinca" com os funcionários, de repente um clarão, ele sai correndo pra fora do vídeo, fim.

A discussão entre os telespectadores se se tratava ou não de uma fatalidade o tiro ter acertado a cabeça da mulher e se o padeiro, agora viúvo, seria ou não um assassino. Chegou o açaí e junto dele uma senhora que lembrava a Elza Soares, maltratada pelo sol da vida, mas ainda com uma beleza forte embaixo dos escombros. Esbaforida, ela se apoia no balcão perguntando o preço do café.

NA PISCINA DO CONDOMÍNIO TODO PLAYBOY É TUBARÃO

O rapaz, sem muito interesse, devolve um amargo "dois real" que bate feito um tapa na cara da senhora, fazendo-a perder até o equilíbrio, derrubando uma coleção de cartões que tirava da bolsa. Abaixei pra ajudá-la.

"Olha moço, é um absurdo viu, eu entro às 7h e só saio agora no fim da tarde e a mulhé num qué aumentar CINCO REAIS no meu salário, eu lavo tudo u chão lá, passo us pano, faço comida e cobro R$ 120 só, dá pá creditar, moço? Nossa, eu tô morrendo de fome, comi nada direito hoje... e os pão de queijo, quanto custa? vê se passa nesse aqui ó, vê se tem R$ 5,00 nesse cartão aqui."

Não esperei nem a maquininha apitar em provável negação, sem pestanejar, estiquei uma garça e pedi ao balconista que lhe servisse a promoção do café + pão de queijo. Ele não hesitou; ela, nem perdeu tempo agradecendo e eu continuei ouvindo a repetição da mesma história... Nos últimos goles do pior açaí com laranja da vida eu engasgo surpreendido pela chegada de uma segunda senhorinha, albina e ainda mais cansada que a primeira. Mas o seu pedido era mais simplório, apenas um copo d'água.

No automático o rapaz foi enchendo um copo americano e na metade foi interrompido pela sósia da Elza: *"ei, não... pega um ôtu copo pro café dela vai. Qué um?"* Esticou o pão de queijo pra nova companheira que o agarrou hesitante porém extremamente agradecida. A porra do cisto na perna, motivo da consulta, na hora virou cisco perto da atitude daquela mulher. Virou uma piada de muito mau gosto. Gosto ruim igual ao do açaí cor de sangue. Sangue sugado pelo vampiro do telejornal.

A vida... Ela é uma baita fruta, só que apodrecendo na vitrine. ■

NA PISCINA DO CONDOMÍNIO TODO PLAYBOY É TUBARÃO

a lateral da feira de quinta sempre fica um velho desdentado com as palmas das mãos, calejadas e enrugadas, erguidas como que esperando um milagre em forma de moedas.

Hoje cedo um mendigo parou na sua frente abrindo os primeiros botões de uma camisa estampada de sujeira.

Do peito ele arrancou uma corrente que tinha um dente de pingente.

Depositou nas mãos do velho e seguiu adiante vasculhando o chão.

Se estiver pensando em virar autor de qualquer coisa, comece saindo de casa. ■

COMO UM CAVALO NA BEIRADA DA TERRA PLANA

COMO UM CAVALO NA BEIRADA DA TERRA PLANA

Eu tenho os pés crivados de balas. E em cada uma
delas, fui eu próprio quem tratou de puxar o gatilho.
Cada uma delas tem um nome que a vida deu.

E dói quando eu ando, quando faz frio.
Às vezes, quando estou jogado no sofá assistindo
a qualquer besteira
Ou sentado na privada
eu olho pros meus pés e me recordo de tudo
Cutuco algumas dessas cicatrizes até que elas se
abram novamente.

Encaro as chagas,
Não sei o que fazer com elas.
É como coçar uma tatuagem recente até raspar
toda a tinta, abrir as sete peles e chegar à carne viva.

Sinto um tesão quase mórbido
pelas derrotas
Um tesão inexplicável pelo sabor da lonas
A dureza das sarjetas
O gosto de sangue entre os dentes
E na camisa [hora branca]
agora figura uma mancha vermelho escura

Nela eu enxerguei o seu rosto
Sereno como quem tem pés tão imperfeitos quanto
os de uma bailarina. ■

De repente, parece que todos os amigos estão à beira.

Tenho amigo prestes a ter um troço.
Tenho amigo que já teve.
Tenho amigo que já teve e voltou pela metade.
Mas também tive amigo que não voltou.
Ninguém nunca volta o mesmo de lugar nenhum, afinal.

Tenho muito amigo fodido da cabeça
Uns por natureza,
Outros pela natureza das coisas todas.

Mesmo os amigos que dizem não ligar pra nada, sei que choram em posição fetal em certas madrugadas.

Tenho amigo que pretende se matar
Tenho amigo que já tentou e não conseguiu
Assim como tive amigo que não dá mais pra chamar pra tomar uma.

Eu mesmo, sou o amigo de uma pessoa que diz ter a impressão de que todos os amigos, de repente, parecem estar assim, tão fodidos da cabeça.

À beira.

COMO UM CAVALO NA BEIRADA DA TERRA PLANA

CADA KKK É UMA LÁGRIMA

Chega ao fim mais um dia
em que as toneladas de remorsos
sentidas pelos pobres
não serviu para livrá-los da fome.

Dizem que a cada textão no Facebook
um pai de família consegue um bico
de alguma coisa.

E se houver muitos compartilhamentos no texto,
reza a lenda que até um botijão de gás brota no barraco.

A cada foto de dispensa cheia
Uma doméstica mãe solo de dois, três
consegue uma conta de luz ou de água quitada.

E se a foto for sem filtro
(melhor ainda!).

(...)

As lágrimas cristãs
são tão infecciosas quanto os córregos
onde brincam as crianças das comunidades
durante a quarentena. ▪

A MELHOR COMPANHIA PARA O FIM DO MUNDO

 certo que tenho a companhia perfeita
para passar o fim do mundo.
Tenho um tanto de cigarros enrolados
e uma boa garrafa de vodca pela metade.

Só que tenho também uma angústia latente
por aqueles que não possuem nada disso nesse momento.
Os que até hoje só tiveram o abandono do Estado.

Não me lembro de já ter trabalhado tanto como agora.
Mas pelo menos os domingos à noite
não têm mais aquela cor de término de namoro.

A voz do Faustão perdeu a capacidade de causar estragos.

COMO UM CAVALO NA BEIRADA DA TERRA PLANA

Todos os dias, tanto faz
a hora, o local, a roupa,
se calço ou não as minhas
velhas botas de couro.

Sinto uma saudade cada vez maior
por coisas estúpidas como pegar metrô.
E, claro, fazem uma falta bruta
os abraços, fato.

Pelo menos, a risada do meu filho
ainda me impede de ceder à insanidade
de só beber em silêncio
com os mortos da minha prateleira.

Aqueles que, mesmo tirando férias no inferno,
Estão mais a salvo que todos nós
nesse momento. ◾

A TUA POESIA

blá

blá

blá

blá

tua poesia
não irá matar a fome
em tempos de quarentena
e pandemia.

A tua poesia
no máximo ela causa
a própria fome,
que dirá naqueles
que nem a letra *A* possuem
para começar uma leitura.

A tua poesia
não matará vírus algum.
Não fará a água voltar a jorrar
das torneiras das casas nas favelas.

A tua poesia
nem pra ela ser publicada
num livro impresso em papel macio.

Assim, pelo menos ela serviria
para limpar nossas bundas
em tempos que lunáticos saqueiam
as prateleiras do Extra
e a inteligência das cabeças. ■

BATEU UMA ONDA FORTE

ateu uma onda forte do tempo em que juntávamos trocados para beber mais barato, sem dignidade alguma.

As esfihas do Habib's são testemunhas dessa época de barrigas vazias e costelas à mostra.

Minha memória me pega de surpresa quando desafoga o dia em que acordei no meu quarto de pensão fodido pra caralho, com só um pé esquerdo de um tênis e uma caixa de ovos, sem explicação.

Tu do outro lado da cidade atende ao telefone num bafo de cabo de guarda-chuva e diz que tem o pé direito do mesmo tênis e a ausência do RG na carteira.

A idade mata a sangue frio todas as garotas e os sonhos inalcançáveis que amamos um dia.

Mas também traz paz e saúde pra continuarmos escrevendo sobre a ferida aberta da saudade que nunca sara.

CAVALO

Eu tenho problemas.
Todo mundo os têm. É normal.
Mas eu tenho problema é com gente feliz em demasia. Porque ali, algo não condiz com aquele filtro, com aquele brilho ofuscante que sai do sorriso imbecil de cavalo.

"*Cavalo é você?*" Ela retrucava possessa, toda vez.

Pobre animal. Não o equino, muito menos a besta que era eu. Pobre sim, do animal que vivia trancado dentro daquela alma lisa feito o chassi do Monza que o pai lustrava sempre aos domingos, depois do Faustão. Ainda não consegui adivinhar se se tratava de um unicórnio ou qualquer outra besta mitológica, cria das cucas desocupadas das pessoas que creem também nos sinais do horóscopo.

Eu escrevo cego, como um tolo que sai sem rumo numa tempestade de areia. Mas prefiro acreditar que isso me levará a um lugar menos ermo para a queda das minhas próprias ilusões. Quando escrevo, não sou eu que causa o desgaste das teclas. É o rancor de uma criança que brincava de pique-esconde consigo mesma. Descrevo meus demônios ao vento com a mesma facilidade que essa gente posta juras de amor na internet.

Em tempos de mendigos de like, poetas cujo o pau é menor que seus aparelhos telefônicos, o afeto é meramente ilustrativo.

EX-AMOR

inda escrevo sobre a gente nas paredes do meu crânio, na mesma intenção e intensidade de quem enfia dois dedos goela abaixo pra expulsar toda a noite anterior.

Porque ainda vejo o ectoplasma daquilo que foi o nosso amor vagando por entre as ruas vazias do último bairro onde vivemos. Ainda vejo o espírito das nossas fodas assombrando a portaria do prédio em que morávamos.

Indo a padaria, ao mercado – fazendo a compra do mês que mal cabe nas sacolas plásticas. No açaí do Seu Wilson – pedindo pra passar no débito sem precisar da nossa via.

A carcaça do nosso ex-amor tem sido carcomida pelos ratos de estimação dos mendigos da escadaria da fonte do Anhangabaú, junto com a lembrança de que um dia, quase foi lá, o nosso primeiro beijo.

Os restos mortais do nosso ex-amor secam em dias nublados no varal dos fundos daquela pensão chumbrega que dividíamos com bêbados e viciados abandonados pela família, em Pinheiros. E hoje respingam gotas de nostalgia no piso de ladrilhos quebradiços cor de vinho.

Fazendo uma ocupação nas narinas com aquele cheiro de cachorro molhado que o segurança do Carrefour espancou e que tem o mesmo cheiro que tem todo o ex-amor. ∎

SEVILHA

Pense que estamos mais do que no lucro.

Na balança têm pesado mais os gozos do que as tretas.

As paisagens que vemos através das janelas dos trens é pouca perto do que somos.

Te olho pedindo um filho e oferecendo em troca meu peito sempre que precisar se curar da gripe e do cansaço.

O vinho inspira feito as torres de Sevilha onde já passa das cinco da tarde e com certeza a essa hora sentem saudades das tuas curvas no beco da inquisição. ∎

TELEMARKETING

A gente vive morrendo. Morrendo de cansaço e morrendo de amores.

Morrendo de saudades de um tempo em que não tínhamos nenhum boleto e estávamos ocupados aprendendo a chupar caralhos e bocetas ao invés de sugar a alma das pessoas através de um fone do telemarketing em que a gente trabalha todos os dias, morrendo de vontade de viver outra vida que não essa de morte. ∎

INGÊNUA

ais ingênua que a promessa de nunca mais beber logo na tarde seguinte a um porre estrondoso.

Só mesmo a minha fé cega de que não brigaríamos por tolices um dia.

Mais ingênua que a cadela enganada por um petisco falso como as notícias na internet.

Só mesmo a minha tentativa de ganhar teu perdão com um poema que fale do calor que a camisa recém-passada deixa no meu peito feito o teu abraço quando eu me sinto pior que o mendigo que faz malabares sem cobrar nada dos carros, na rua de baixo.

Mais ingênua do que a minha saudade da época em que era difícil conseguir pornografia.

Só mesmo a minha esperança de encontrar a cura para a ressaca moral que eu tô sentindo agora escondida nas caixas de morangos de Atibaia que o carroceiro anuncia na porta de casa.

A ingenuidade é bonita e rara feito uma socialite negra, passeando com seus pets num carrinho de bebê sábado de manhã. ▪

DO ALENTEJO

Ao menos quatro vezes durante o turno de sete horas de cada dia eles apareciam na porta da sala um do outro. Para jogar conversa fora, na latinha do desktop. Falar de política ou das vidas amorosas e embaçadas que agora vibravam fazendo sons de alerta a cada minuto no bolso das jaquetas – parecidas, mas compradas em lojas de departamento distintas.

Só que agora era foda.

Agora ele entrava na sala e, ao se sentar, era inevitável não esbarrar o olhar na garrafa de vinho alentejano trazido da viagem como um regalo para aquele que tanto lhe cedeu o omoplata amigo. Era parar cinco minutos ali pra bater a vontade de beber. De bater canela até o pé sujo da rua de trás e pedir "*aquela cachacinha da Bahia, chefe!*".

Fato irrefutável: a melhor entre todas as clínicas psicólogas continuava sendo o bar – contanto que você não se apaixone pela menina do caixa ou pelo gordo que prepara os drinks no balcão. ∎

ROEDOR

Cerca de trezentas e quarenta e duas gotas de uma chuva sonífera que despenca lá fora – pode acreditar, o meu coração ruminante contou certo – resvalam na janela e mesmo assim ainda não conseguem abafar o terror da criança com Down que cala a madrugada – um grunhido parecido com o de um roedor encurralado na cozinha do hotel que ela trabalhava. ◾

SELFIE

Ainda tinha dias em que lembrava do aborto e se sentia mais triste que o salgado que sobra no fim do dia, na vitrine do quiosque do terminal. Pensava na rejeição materna e então engolia quase uma cartela de Rivotril como se fosse M&M's.

Não tinha vontade nem de mentir na internet com uma foto boa de si mesma. ◾

METEOROLOGIA

Já urrei a repetição do nome dela na madrugada acompanhado de uma orquestra canina.

Agarrado a um travesseiro que tinha a sua melanina emprestada aos ácaros.

Já colocamos os ossos de nossas bacias em atrito
a ponto de rasgar.

Já nos ferimos de tantas maneiras incuráveis
que hoje, nem sei direito o que sinto.

Talvez um lamento pela idade que tínhamos.
Duvido que os meteorologistas
tenham calculado esses 13 graus de tristeza que faz aqui hoje.

A previsão é de uma tempestade de pedidos de desculpas
e agradecimentos.

Foi bom sair sem blusa durante quase uma década. ◼

Sinto enfadonho o peito
assim como fazem ao pobre peru em dezembro,
recheado duma farofa de brutalidades sem remetente.

Sento-me sob um par de pés inchados e inchados
percebo também os dias todos.

Sem lá muito senso de direção,
o norte faz-se idêntico ao de uma bússola embriagada,
apontando para um destino que gargalha da minha cara
tal o costume da falsa elite do colégio onde só eu era
preto e ainda não sabia.

E eu, logo eu, que tanto repeti
aos ventos e com orgulho nada fosco
o fato de nunca antes ter sido dono dum terreno onde
costumam cultivar campos de ideias e sonhos.

Peguei para Cristo meu próprio ego,
paguei a língua com meu tesouro,
fodi o mundo sem camisinha.

E diz o teste de agora pouco:
Negativo. ■

PERDA TOTAL

ueria poder sentir inveja da pureza estúpida e da ignorância lúdica de minha mãe ao olhar com os mesmos olhos setentistas, todo o caos ao nosso redor.

Queria que ela fosse visitar a África como sempre sonhou. Mas mal há espaço para tantas dívidas no peito e boletos vazando dos bolsos.

Que dirá para (ao menos) sentir uma pena genuína da doença que invadiu a cabeça da minha avó gritando querer voltar pra casa onde ela já se encontra
numa cadeira de rodas, na casa dela
toda cagada
rodando em círculos, na casa dela
toda cagada
a expectativa criada em relação a uma velhice plena.

No breu da arrogância eu prefiro crer no horóscopo escrito pelas mãos finas da Fátima Bernardes.
Prefiro receber o troco errado todo dia do mesmo cobrador – que fica sempre pagando de galã ali com a menina do pão de queijo – aulas grátis de autoestima.

Engraçado como as nossas ilusões disputam no mesmo páreo onde o Bukowski aposta rindo na perda total de todo esse acidente chamado humanidade. ∎

ENTALADA NA GARGANTA FEITO UMA AZEITONA PRETA

 la não vai mais escrever pra você.
E não é porque não deva.

Talvez, apenas não encontre mais tanto sentido.

Talvez, ache indesejado esse clima de enterro tardio de um presidente já morto há vários anos, o qual ninguém nunca elegeu e nem se quer gostou.

Tomando conta do ar, aquele azedo inevitável de Avanço vindo do sovaco dum estivador às 6h30 da manhã na estação da Sé.

Um assunto inacabado, mais incômodo que o.b. no fim do dia, voltando pra casa enquanto se é abusada nessa mesma estação lotada.

Ela não vai mais escrever pra você porque as mãos quase não querem ou não deixam.

Porque agora, toda vez quando ela pensa em, de novo, gastar saliva sem ser da maneira devida, ela sente uma agonia, uma preguiça de mil bichos-preguiça pendurados num galho prestes a quebrar.

Onde tem dias em que as mãos preferem até mesmo a monotonia de uma siririca automática, a metralhadora das milícias nas favelas, aquela fala feia e decorada cuspida contra vontade no telefone de uma empresa que banca o seu salário pra gastar nas suítes que ninguém pernoitou, com vinhos chilenos da promoção do Pão de Açúcar e camisinhas sabor menta sem nós no final de uma foda que poderia ter sido a melhor da vida.

E *"Quem sabe um dia..."* é muito Sabrina, fantasia barata adolescente das revistas de banca, que andam desbotando pouco a pouco pela cidade onde ela bebe e repete que não vai mais escrever pra você, nem por mais um dia que seja.

Nem se o Brasil revertesse aquele 7 a 1 vexaminoso da Copa retrasada.

Porque você também não quer mais ter que ler aquilo que ela não vai mais te escrever.

Porque desistiu de tocar uma fantasiando vocês enfim trepando de verdade, no ponto cego da câmera de segurança, e resolveu pedir uma pizza, pra morrer com a aquela foda entalada na garganta feito uma azeitona preta. ▪

SÚPLICA

as o que é que eu estou fazendo aqui, fora de você? Não consigo imaginar agora uma estupidez maior do que ter saído daí.

Nunca deveria ter me permitido a ideia de não viver aí dentro que é bem mais quente, mais úmido e mais doce. O bico do teu seio esquerdo é o meu precipício. Um salto pra me sentir alto, caindo de boca na vida.

Devias ver de onde eu via, ali de baixo, a epilepsia do teu gozo puro foi tão bonito quanto o boa-noite que uma mãe pode dar a um filho ao se deitar. Teu último gemido foi cremoso feito o leite que jorrou de mim. Atingiu teu braço e escorreu pro lençol.

Nossa súplica por mais e mais é tão honesta que beira à breguice, digna da jukebox de um risca-faca em Belém. E mesmo eu não podendo escolher, não quero nunca que você se vá pra lá de vez, pra andar com a sua bicicleta na praia e virar uma foto, deixando só o rastro de pneu na areia...

Cada uma daquelas garrafas, quando vazias, traziam uma mensagem sua dentro. Era como um biscoito da sorte, só que bem mais sincero.

E, pro meu azar, continham a única coisa na qual eu não queria crer: de tão bom que era, logo iria se acabar. Igual à alegria única e escondida depois da espuma no primeiro gole de uma cerveja. ■

TODAS AS COISAS QUE VOCÊ NÃO DEVE SABER

Você não deve saber, mas a primeira vez que bateu pra valer foi lá pelos dezesseis e ele tava em cima duma árvore atrás da estação de trem.

Você não deve saber que quando era criança quase morreu uma três vezes.

Que a mãe sempre ajudava a falsificar as notas vermelhas nos boletins só para depois, tu não ir encher o saco com discursos pré-prontos de vereador em comício, parecendo aqueles coroas chatos que toda a festa batem com força a porra de uma colher numa taça que nem é de cristal.

Você não deve saber, mas a camisinha estourou uma vez num puteiro sujo da Rebouças, só que ele nunca cheirou pó.

Você não deve saber, mas a Playboy da Negrini é a única que ele ainda tem guardada.

Você também não deve saber que ele nunca guardou mágoas no fundo da gaveta, junto com as traças e as cuecas de seda que usa por tua causa – mas tão lá os DVDs do Rambo que você pegou nas gôndolas de promoção da Americanas no último aniversário.

E ó que ele gosta demais dos filmes do Stalone.
Mas gosta de tantas outras coisas que você não deve saber. ◼

LENÇÓIS

Saí na hora da xepa pra buscar uma marmita no bar da esquina e por pouco não trombo de frente com um sujeito que saía do inferninho vizinho.

Ele parecia ainda maior com aquele saco de lençóis sujos nas costas. Não nos desculpamos um com o outro e ambos seguimos nossas vidas sem nos irritarmos.

Mas confesso que continuei o meu destino envolto naquela ironia embutida no breve encontro:

Ele que levava pra lavar... mas será que era ele também quem ajudava a sujar? ◼

AMERICANA

 ós nunca fomos lá de muitas amizades. E curiosamente isso é o que motiva o tilintar dos nossos copos americanos. Americana também é a dor que tu sente agora. Eu sei.

Tanto que, numa noite comum como qualquer outra de tragos e teclas, eu sentaria à frente da tela, travestido nessa mesma dor cheia de estrelas e listras brancas e vermelhas, e assim tentaria escarrar tudo que há de amargo na garganta. Para limpar de vez esse pigarro de velho do peito, esse chiado de rádio AM procurando estação.

Mas o máximo que tenho a te oferecer emprestadas são as minhas canelas secas – para buscar mais cachaça. Talvez até meus punhos – para abrir as garrafas e, por que não, um transplante de fígado, se mais tarde precisar.

Meus ouvidos e meus ombros são teus por direito. Uma troca mais do que justa, feita anos atrás, que nem mil livros ou discos não devolvidos teriam um dia sequer o mesmo valor.

O conforto é um sopro no meio da ventania que aquele boing deixou. Conselhos são homens que pagam pra se deitar e terminam a noite apaixonados.

UMA BRASA

Enquanto fumava o cigarro da marca
de que ele gostava,
percebi que a tristeza é uma brasa
que cai bem no meio do peito
abrindo um buraco negro
onde crianças jogam pedras
no infinito mudo do fim do poço.

O Dr. Estranho tá atrasado para te salvar
e sala de espera, entupida de heróis
que não usam cuecas por cima da calça,
(alguns talvez na cabeça).

Minha baforada vai no ar em código morse
para o velho Kirby desenhar uma saída.
Para o Ted Boy Marino,
que se fodeu por não saber nadar.
Para quem possa escutar
o Uivo egoísta pela tua volta
ecoando junto de *Place to Be*. ▩

m cão companheiro vela todo o pesar.
Os abraços calam o que se faz necessário.
Dias como esse parecem vir
pra não deixar que a gente se esqueça
de que um dia também iremos partir.

E, mesmo depois de crescido,
continuo péssimo com partidas.
Acho que ninguém nunca
é bom nisso, afinal.
Partir, ver partir.

Deixar que se parta é difícil.
Conforme passa,
o tempo arrasta tudo pra fora.
Fica só a sensação
intacta num frame pausado.

Os créditos subindo na tela
enquanto ela se transforma
num objeto inanimado
dentro da minha cabeça.

Uma xícara de porcelanato simples
e sem muitos arabescos.
A mesma xícara na qual me servia
o café preto, preto. ■

.MORTO

o contrário do que dizem as santas madres pecadoras justamente por serem elas as nossas próprias geradoras, é tragicômico como cada um de nós nasce alvo e, ainda por cima, com a semelhança mútua de um joelho.

Seja em suas pobres manjedouras, vacas magras de tetas secas, ou em leitos nobres, porcas gordas e esnobes, não importa...

Muito em breve e inevitavelmente, estarão mesmo, exatamente os mesmos, novamente carecas de saber que, por mais e mais medo, não por menos, sempre foi e assim sempre continuará sendo o coletivo que nos aguarda para finalmente guardar todos do mesmo jeito, enfim, chegará.

Mesmo que distintos sejam os pontos, o destino não será outro senão, no fim, sermos apenas isso e nada além disso...

O que no passado já foi gozo, então não passará de ponto morto.

Ponto.

BOM PARTIDO

Se você nunca sentiu o seu coração mais dividido do que as bolas dos cantores sertanejos em suas calças jeans extremamente apertadas, então você não sabe o que é um coração partido.

É um fim de tarde com um recém-nascido rasgando a goela num choro estridente, bucólico e ardido, tudo ao mesmo tempo.

É a sua vizinha, que vai muito bem, obrigado, de quatro, ensaiando uma sinfonia sádica.

Dividido ao meio, bem no centro da sua enorme fenda, é lá que está você: patético, tentando tocar uma, perdido.
E já não é possível precisar o que doía mais...

Se a cabeça – de tanto pensar na raba da vizinha, a cólica do bebê ou todas as dores juntas que vêm das canções de corno do apartamento de baixo.
Bebe-se pra esquecer, escreve-se pra tentar saber o porquê, mas nunca se sabe.
Anda exatamente conforme anda e manda o coração:

Batendo,
dividido,
bom
partido. ◼

FRIDA

Eu pensava: tomara que dê tempo de a gente foder mais uma última vez.

Eu pensava: tomara que dê tempo de conhecer pelo menos um pedaço da Europa, ser fluente em outro idioma, tirar aquela foto de turista, embaixo da torre, brega pra caramba.

E, mesmo sabendo que a incomodava, eu pensava: bem que podia dar tempo também de sentir aquela sensação só mais uma vez, a bala dançando na língua enquanto a gente se balançava sem sentido no meio da pista daquele lugar bacana. Sem parar, até de manhã, até que uma japa sorrisse se insinuando pra mim, deixando ela puta da vida.

Foi bem na época em que eu descobri que tinha tipo um tumor e só pensava: porra, tomara que dê tempo de terminar essa merda de livro!!!

De deixar registrada mais uma penca de canções...

Vai que alguém de repente se comovesse com a história toda e fizesse render pelos menos umas moedas póstumas pra comprar aquele carro que ela tanto queria que eu aprendesse a dirigir. Ela finalmente ia poder ir confortável pra casa dos pais no fim de semana ou à Prainha Branca com seu marido, quem sabe até um filho educado, estacionando com uma baliza perfeita na beira do calçadão, pedindo uma Antarctica gelada, sentindo a brisa vinda do mar, uma porção de isca com molho e limão.

Eu só conseguia pensar: tomara que dê tempo de ter a última sorte ainda em vida, adotar uma cadela ainda filhote. Colocar nela o nome de alguma figura importante, de repente aquela pintora que ela tanto admirava ou então o nome da filha que a gente não teve. Acompanhar elas crescendo, conforme a cadela comesse o pé do sofá, as chinelas de dedo, uma a uma. Eu não parava de pensar: tomara que eu ainda consiga dar pra ela aquela festa exatamente do jeito que ela tanto sonhava (e que sempre mereceu). O vestido de renda, bordado à mão. Eu cabendo num terno que de fato parecesse ser meu e não emprestado do meu pai.

Desculpa...

Sei que não era isso o que se esperava.

Mas é que naquela época eu fui devorado por um medo danado de morrer, igual quando criança. Aí só me lembrava de tudo de bom que já tinha ido e quis correr com o que ainda poderia ser melhor...

E tinha esperança de ser.

Mas tudo ficou só no tomara. ▣

NUMA SARJETA DE PLUMAS

 u a mereci enquanto pude.
E, hoje em dia, durmo feito um bebê, ou um bêbado numa sarjeta de plumas, acreditando que ela também pense o mesmo de mim.

A prateleira de suvenires do meu pai despencou inteira na semana passada.
A diarista derrubou, foi sem querer.

Fez um barulhão e depois só ficou um silêncio sepulcral.
Daí me lembrei da conversa em que decidimos que tudo iria se acabar.
A cara dela foi parecida com a que a minha ex-mulher fez, enquanto eu soluçava a concordar com o fim de tudo.

A vida é mais frágil que meia dúzia de porcelanas baratas daquelas herdadas de nossas bisavós. ■

CULPA

oje a culpa me abraçou feito um pai ausente. Me fazendo acender uma vela em nome de cada ex a quem não escrevi poemas nas portas dos banheiros de baladas.

Hoje o cheiro do amaciante que você usava nas calcinhas de renda veio me visitar e fez um estrago na gaveta do armário onde mofam as fotos das nossas primeiras férias em Guararema.

A culpa aumenta os buracos nas roupas que as traças começaram a fazer.

A culpa torna a cerveja menos amarga e faz a minha imagem no reflexo do tempo ser mais bonita – feito as ancas daquela preta no metrô que me lembrou você de costas, indo embora para sempre. ■

TATIANA

asturbei as minhas pupilas com a luz berrante de um celular tijolão da Nokia antes de apagar e acordar em um sonho no qual eu me sentava na calçada, maltrapilho, cagado mesmo.

Eu ficava ali esperando, debaixo de sol, debaixo de chuva.

Eu mendigava o ar da sua graça na janela, me oferecendo um resto de almoço de domingo servido num decote farto de sutiã com elástico gasto.

Mas só quem aparecia era o seu marido, olhando com aquela cara de corno desconfiado e manso.

Eu esperava ver nossa filha.

Mesmo a lembrança daquela vez me rasgando as entranhas feito um abridor de vinho enferrujado.

Aquela vez que a gente parou a Brasília no posto de gasolina e você tentou meu pai no banheiro só pra provocar uma briga e fazer a gente desistir de abandonar a Bahia.

E foi querendo apagar a memória de quando tentei te afogar na pia, enquanto você lavava as fraldas dela, que me fez chegar até aqui...

Numa cama de estrados da chácara do AA, rodeado de viciados, abandonados pela família gritando a clemência de deus no meio da madrugada fria sem cobertor.

Não te amo mais, mas preferia morrer a facadas no próximo bar a te ver com esse bunda-mole que nem pra te amolar a vida presta. ◾

 eu filho nasceu.

E no mesmo dia uma mulher tomou um tiro na nuca, de graça, em plena Cracolândia, durante uma ação descabida da GCM.

Meu filho nasceu.

E aparentemente ele é branco.

Hoje, foram aprovadas mais políticas de liberação de armas no país.

Meu filho nasceu e aparentemente ele é branco e tem olhos claros (puxados à mãe).

Mas a avó de uma amiga morreu nessa madrugada da mesma doença que assombra a mãe da minha mãe também.

Meu filho nasceu e aparentemente ele é branco e tem olhos claros e leva o nome de um ex-papa.

Na internet noticiam que o prefeito, do alto d'um helicóptero, brinca de tiro ao alvo com moradores das favelas do Rio.

Meu filho nasceu e aparentemente ele é branco e tem olhos claros e leva o nome de um ex-papa (mesmo eu não sendo católico).

Mesmo eu não acreditando em nenhum deus e nem nunca tendo empunhado uma arma na vida.

Mesmo eu sentindo um bruto medo de altura, da polícia, de ter herdado da família o Alzheimer.

Mesmo eu sentindo pavor de padres e de papas pedófilos – homens brancos que têm olhos claros e nomes de santos.

Nada, nada disso impede o fato de que o meu filho nasceu enquanto, para mim, todo o resto do mundo morreu. ■

Este livro foi composto com as tipografias Garamond, Old Typography e Phorssa e impresso em papel Pólen Bold 90g em outubro de 2020